JOCHEN SCHMIDT

ZUCKERSAND

«Unsere Enkel werden wiederentdecken, daß das wahre Geheimnis des Glücks in einem echten Interesse an allen Einzelheiten des täglichen Lebens besteht.»

(William Morris)

Für Hannah

1. KAPITEL

Klara schrieb mir aus dem Büro, daß ich nicht vergessen sollte, Karl die Zähne zu putzen, wir würden es sonst irgendwann bereuen, und ich antwortete ihr, daß er seit einer halben Stunde «An-Aus» spielte, nachdem er minutenlang versucht hatte, mit einem Glasöffner ein Glas Obstmus aufzuschrauben, während ich ihn überzeugen wollte, sich von mir anziehen zu lassen, und daß wir sie ja nach der Arbeit von der Bahn abholen könnten. Ich steckte das Handy wieder in die Tasche, Karl hatte es nicht gesehen, weil er sich einen Stuhl an die Spüle geschoben hatte und ganz darin versunken war, den Wasserhahn zu öffnen und zu schließen und sich immer wieder die Hände einzuseifen. Ich überlegte, wann ein guter Moment wäre, ihn mit der Zahnbürste zu behelligen, deren Griff die Gestalt eines grinsenden Bibers hatte und die mit einem Saugnapf an glatten Oberflächen haftete wie ein mit Spucke befeuchteter Gummipfeil. Klara hatte schon Karls ersten Zahn sorgfältig wie eine Kühlerfigur mit einem Mundpflege-Fingerling poliert, was immer langes Zureden bedeutete, weil er den Mund nicht öffnen wollte (ich konnte, wenn sie es endlich geschafft hatte, natürlich nicht anders, als «Der Mund ist aufgegangen!» zu singen).

Der Zahn hatte eines Nachts das Zahnfleisch durchstoßen wie eine Spargelspitze den Boden. Klara war wehmütig über diese große Veränderung gewesen, und ich war neidisch darauf, daß man den Zahn von allen Seiten betasten konnte, so ein einzelner Zahn hätte mich zu stundenlangen Erkundungen verlockt. Wenn ich einen Milchzahn, nachdem ich seine charakteristische Oberfläche jahrelang mit der neugierigen Zunge abgefahren war und mit den Fingern befühlt hatte, zum erstenmal in der Hand hielt und mit meiner Zungenerinnerung verglich, war ich immer enttäuscht, ich hatte ihn mir viel größer vorgestellt, die Augen sahen nicht das, was ich von ihm wußte. Als Schüler hatte ich auf Kindergeburtstagen die Gelegenheit genutzt, mir von meinen Mitschülern Zähne zu klauen, die jeder in irgendwelchen Döschen und Schachteln aufhob, um mir zu Hause mit Knete ein Klassengebiß daraus zu basteln. Es war ein Objekt in meiner Wunderkammer, von dem ich Klara noch nichts erzählt hatte, mir war ja bewußt, wie schnell sie sich ekelte.

Ich wagte nicht, Karl anzusprechen, weil er sicher unwillig reagiert hätte, denn er würde natürlich ahnen, daß ich ihn von der Seifenflasche und vom Wasserhahn weglocken wollte, und ich konnte ihn gut verstehen. Ich erinnere mich, eine Zeitlang in Restaurants und auf öffentlichen Toiletten Seifenspender fotografiert zu haben, weil es mich fasziniert hatte, was für unterschiedliche Mechanismen für das Portionieren der Seife in Umlauf waren. Warum wurde den Menschen beim Händewaschen so viel Flexibilität abverlangt? Es würde ja niemand ein Restaurant oder ein Bahnhofsklo in Zukunft meiden, weil ihn der Seifenspender nicht zufriedengestellt hatte. Es gab sogar manchmal noch Seifenspender in Gestalt einer schweren Porzellankugel, die man wie einen Globus einmal um die Achse drehen mußte, damit die Seife heraustropfte, ich machte das nur, um zu prüfen, ob sie noch jemand nachfüllte, vielleicht ein älterer Mann, dessen Schützlinge immer seltener wurden und der für seine Aufgabe keinen geeigneten Nachfolger mehr fand. Ich freue mich immer über Modelle, bei denen der Kontakt über einen Sensor hergestellt und schwereloser Schaum in die geöffnete Hand gespritzt wird, obwohl es mich kränkt, wenn Sensoren ausgerechnet auf mich nicht reagieren. Es ist keine Schlagsahne, aber es fühlt sich genauso luftig und luxuriös an.

Daß Schaum aus kleinen Blasen besteht, habe ich eines Tages beim Baden mit einer Lupe nachgeprüft, es war so überraschend wie die Tatsache, daß Sand nichts anderes ist als unzählige für uns sehr winzige Steine oder daß man, wenn man nicht vorsichtig auftritt, durch die dünne Erdkruste bricht, auf der wir uns bewegen, und in heiße Flüssigkeit eintaucht, die unseren Planeten füllt wie die süße Masse einen *nimm2*-Bonbon. Solches Wissen brachte einem bei Gleichaltrigen nur Unglauben und Ablehnung ein. Ich mußte Karl diese Dinge natürlich selbst herausfinden lassen, denn was wir gezeigt bekommen, können wir nicht mehr selbst entdecken (eines Tages wird er von ganz allein eine heiße Scheibe Toastbrot durch die Küche zum Tisch transportieren, indem er sie immer wieder hochwirft).

Mein Vater wusch sich, wenn er von der Arbeit im Archiv nach Hause kam, immer als erstes gründlich die Hände, und im Waschbecken sammelte sich eine trübe Erwachsenenlauge und verschwand gurgelnd durch dieses Tor zur Außenwelt, das ich als Kind, wenn ich die Wohnung einmal für mich hatte, vorsichtshalber mit einem Stöpsel verschloß, auf den ich zur Sicherheit auch noch den kleinen, hellblauen Amboß oder einen mit Wasser gefüllten Topf stellte. Mit welcher Gewalt die Mächte da draußen an uns zerrten, merkte man ja, wenn man den Badewannenausguß mit dem Po verstöpselte.

Als ich sah, wie Karl die Seife aus dem Spender in seine linke Hand tropfen ließ, fiel mir ein, daß wir früher immer ein Metallstück in Form eines Flaschendeckels in das frische Seifenstück gedrückt hatten, so daß es an einem Magnethalter festgeklickt werden konnte. *(«Physik im Dienst der Hygiene: Immer trockene Seife!»)* Ich habe manchmal versucht, die Seife auf eine so vorsichtige Art ihrem praktischen Parkplatz zu nähern, daß sie, gleich stark angezogen von der Schwerkraft der Erde und vom Magnetfeld des Seifenhalters, über der Handfläche in der Schwebe blieb, aber der genaue Punkt war nicht zu treffen, die Schwerkraft gab jedesmal schlagartig nach, und die Seife klatschte ans Metall. Während ich dieses Experiment durchführte, donnerte das Wasser durch den Hahn in die Badewanne, der, ein genialer Einfall der Konstrukteure, besonders lang war und sich zwischen Waschbecken und Wanne hin- und herschwenken ließ. Der Druck des Wasserstrahls riß ihn nach oben wie der Zügel den Pferdehals.

Wenn Karl sich einen Stuhl an die Spüle schiebt, um mit dem Wasser zu spielen, darf er nicht gestört werden. (Klara erkennt darin seine Sehnsucht nach der Zeit in der Fruchtblase.) Damit er nicht fällt, setze ich mich hinter ihm auf die Stuhlkante und warte, ob ihm irgendwann die Lust vergeht. Wenn man ihm die Hände wäscht und ihn nicht selbst die Seife aus dem Spender drücken läßt, protestiert er panisch, weil er sich um ein Vergnügen betrogen fühlt. Die Hubkolbenpumpe ist aber auch zu verlockend, so etwas kannte ich als Kind noch gar nicht, es gab weder private noch öffentliche Flüssigseife, man raspelte durch Drehen an einem Bakelitring von einem Quader Seifenstaub wie Parmesankäse (den ich ebenfalls nicht kannte).

Am ehesten könnte ich Karls Pumpvergnügen mit unserem Wasserzerstäuber für Zimmerpflanzen vergleichen *(«Ihre Blümchen haben Durst? Ein Fall für den sparsamen Wasserzerstäuber.»),* der immerhin einen Hebel hatte und den ich im Sommer mit Granulatteegetränk füllte, um es mir beim Fernsehen als süße Wolke in den Mund zu spritzen. Exquisit und altmodisch wirkte dagegen das Parfümflakon mit roter Gummiblase in einer aus goldenen Fäden gehäkelten Hülle, das Prinzip ist mir wiederbegegnet, als ich mir ein Set zum Ohrenreinigen gekauft habe, denn durch die Schaumgummistöpsel, die ich benutze, verstopfen meine Ohren alle ein bis zwei Jahre, es nützt dann nichts, wie nach dem Schwimmen auf einem Bein zu hüpfen, um sie wieder freizubekommen, man bleibt tagelang auf einer Seite schwerhörig, es wäre weniger irritierend, wenn beide Seiten betroffen wären. Zur Behandlung lege ich mich seitlich aufs Bett, träufle mir mit einer Pipette die ohrenschmalzlösende Flüssigkeit in den Hörkanal und warte die vorgeschriebene Zeit ab, damit die Chemie wirken kann. Eines der modernen Tabus, wie Teflon mit Metall zu berühren, bei der Geschirrabgabe in der Kantine sein Besteck auf dem Teller liegenzulassen, die grüne Stelle der Tomate mitzuessen, ein Gerät aufzuschrauben, auf das es noch Garantie gibt, oder bunte Flaschen in den Container für Weißglas zu werfen, ist ja, sich die Ohren mit einer Q-tip-Wattehantel zu reinigen, auch wenn man das zur Sicherheit im Sitzen tut und sie, wie der Zuckerwattemann seinen Stab in die Zentrifuge hält und darauf wartet, daß ein Zuckerwattekokon daran wächst, ohne Berührung mit der Hörkanalwand im Hörkanal dreht, um vielleicht einen Schmutzkrümel zu binden, der Arzt würde auch das bemerken und monieren. Das letzte Mal habe ich meinen Ohrenschmalzklumpen nach der Reinigung nicht gezeigt bekommen, so lange hatte er mich behindert, und dann war er einfach weggeworfen worden, ohne daß ich erfuhr, wie er ausgesehen hatte! Ich beneide den Arzt darum, daß er mir ins Ohr gucken kann, während ich auf Phantasie und Tastsinn angewiesen bin, wenn ich mir ein Bild von dieser relativ gut beleumundeten Körperöffnung machen will (in der man trotzdem nicht öffentlich bohren darf, auch wenn das Verbot nicht ganz so streng ist wie bei der Nase).

Ich finde, Karl sollte noch die Technik erlernen (und das Vergnügen erleben), ein nasses Seifenstück in den Händen kreisen zu lassen und anschließend mit gefalteten Händen durch vorsichtiges Öffnen der Ballen eine bunt schillernde Seifenblasenmembran zu erzeugen. Beim gemeinsamen Händewaschen in unserem Kindergarten hoffte immer jeder, das Stück Lux-Seife zu ergattern, das dort nur an einem der Waschbecken lag. (Der Schriftzug war *womöglich mit Laserstrahl* in die Oberfläche eingraviert!) Wir sollten uns die Ohren waschen, die «Tante» machte Stichproben, indem sie einem der Kinder ins Ohr leuchtete, «da wachsen ja schon Pilze!» sagte und den nassen Waschlappen hineinbohrte. Beim Mittagsschlaf durften ihr manchmal zwei Auserwählte, die den Tag über besonders brav gewesen waren, die von der Sonne verbrannte Haut abpulen.

Bis ich Karl angezogen hatte (sein oberster Jackenknopf war vor Wochen abgefallen, und Klara hatte mir den Trick gezeigt, die Jacke versetzt zuzuknöpfen, so daß sie wenigstens am Hals schloß), war ich schon wieder müde und hätte mich hinlegen wollen, umso lebhafter wirkte er, als würde meine Energie direkt aus mir abgeleitet und in ihn hineinströmen. Wir würden auf unserem Spaziergang Klara entgegengehen, bis zur Bahn war es nicht weit. Meistens zog Karl den bequemen Kinderwagen schon nach wenigen Metern seinem eigenen Fahrzeug vor, und ich mußte es für den Rest des Weges schleppen, deshalb hoffte ich, daß er heute keines davon mitnehmen würde, das Bobby Car, auf das er sich gerne setzt, um sich von mir am Bademantelgürtel durch die Wohnung ziehen zu lassen (die sich dadurch in eine Motorsportstrecke verwandelt, mit Teppichkanten, Schwellen, Sackgassen, einer Haarnadelkurve um den Ficus, dessen Blätter für ihn giftig sein sollen), das Lauf-Dreirad und das Laufrad aus Holz, auf dessen Lenker ich einmal, in der Hoffnung, daß er den Moment nie vergessen würde, vor seinen Augen einen Krümelmonsteraufkleber plaziert habe.

In einem bestimmten Alter sagt man sich vom Dreirad los, es ist einem peinlich, jemals auf so etwas gefahren zu sein, so wie die Babyflasche, die Schwimmflügel oder das Lätzchen einem im nachhinein peinlich sind (als Erwachsener schämt man sich sogar, dabei erwischt zu werden, wie man ein Bild mit Filzstiften ausmalt). Man setzt sich lieber auf dem Zweirad dem Risiko zu stürzen aus, um später noch stolzer zu vier Rädern überzugehen. Karls Dreirad ist schon zu klein für ihn, es ist für mich mit Wehmut verbunden, es unbenutzt herumstehen zu sehen, und es wäre ein Exponat für unser Karl-Museum, wie die Sammlung seiner abgelegten Nuckel, das Stück von seiner Nabelschnur, das Gläschen mit schwarz-grünem Mekonium, das ich im Krankenhaus abgefüllt habe, und das erste sechsteilige Puzzle, das er alleine geschafft hat und für das ich einen Rahmen habe anfertigen lassen, um es an die Wand zu hängen (es zeigt Ernie und Bert beim Lesen im Bett).

Wenn er angezogen ist – bei der Strumpfhose darf nicht geschummelt werden, die Fersen müssen das Fersensäckchen ausfüllen –, wenn die Tür abgeschlossen ist (er darf es zunächst selbst versuchen, bis er mir den Schlüssel überläßt) und wir uns den Treppenstufen nähern, halte ich ihm meine Hand hin und warte, daß seine Finger sich in meine schieben, was sie ganz von alleine tun (bis man einmal im Kaufhaus aus Versehen nach der Hand eines fremden Erwachsenen greift, weil man einen Spielzeugstand betrachtet hatte und die Eltern schon ein Stück weitergegangen waren). Ich möchte diese winzige, warme Hand dann nie wieder loslassen. Ich verstehe jetzt, warum meine Oma beim Spazieren immer meine «Patschehändchen» lobte, weil sie so schön warm seien. Das war vielleicht das erste Mal, daß ich so etwas wie Stolz auf eine körperliche Besonderheit an mir empfand (später kamen meine Abneigung, Schaumgummi zu berühren, und meine zerklüftete Zungenoberfläche dazu, mit der ich, wenn ich sie mit den Fingern auseinanderzog, zuverlässig Eindruck machte).

Auf dem Treppenabsatz in unserem Hausflur liegen immer Dinge, die die anderen Mieter bei sich aussortiert haben, eine Feldflasche, eine Terrine, auf der «Warme Würstchen» steht und deren Deckelgriff in Form einer Bockwurst gestaltet ist *(«So haben Sie Ihre Würstchen immer ‹im Griff›»)*, eine alte Lern-Kassette für Wirtschafts-Englisch, noch verpackte Hotelbadelatschen, eine Yogamatte, ein Warndreieck, ein unaufgeblasener Gymnastikball, eine Schachtel Hühneraugen-Druckschutzringe. Heute war auf dem Absatz ein Buch aufgetaucht, das ich selbst vor wenigstens zwei bis drei Jahren dort hingelegt hatte, eine Trabant-Fibel, nun war es wieder im Zyklus gelandet, und ich nahm es mit, weil ich beim Blättern feststellte, daß meine Mutter als Lehrling mit Bleistift ihren Mädchennamen reingeschrieben hatte, es war dieselbe Schrift, die ich von ihren Postkarten ins Ferienlager oder ihren Entschuldigungszetteln kannte, das mußte ich übersehen haben, wie hätte ich es sonst übers Herz gebracht, mich von diesem Buch zu trennen?

Der Trabant war ihr Leben gewesen, sie konnte daraus einen Traktor bauen, während neuere Autos sie nicht interessierten. Am liebsten hätte sie mich deshalb Otto genannt. Sie hat natürlich mit Bleistift ins Buch geschrieben, so, wie sie es mir später beigebracht hat, sie hat mir auch gezeigt, wie man aus Zeitungspapier für die Zeit der Lektüre einen Schutzumschlag faltet, man konnte so einen Umschlag für mehrere Bücher benutzen, und auch die Zeitung wurde immer interessanter, je weniger aktuell sie war.

Ich schreibe nur mit Bleistift in Bücher, obwohl ich noch nie etwas wegradiert habe. Ich mache mir aber Gedanken, wie meine Anstreichungen später von anderen interpretiert werden könnten, die ja nicht wissen, daß eine gewellte Linie bei mir nicht Zustimmung für einen Satz, sondern Zweifel oder sogar Mißfallen bedeutet. Manchmal lese ich ein Buch ein zweites Mal und wundere mich über meine alten Anstreichungen, die mir etwas über ein fernes, abgelegtes Ich erzählen. Neue Anstreichungen mache ich dann mit einer anderen Bleistiftstärke, um die Vergangenheit nicht zu verfälschen.

Der Postbote war gerade dabei, so schnell wie möglich die Briefe in die Briefkastenschlitze zu stecken, er ist sehr gut darin, vielleicht bemüht er sich sogar, es jeden Tag noch ein bißchen schneller zu schaffen. Er muß gar nicht suchen, um den richtigen Briefkasten zu finden, das hat er verinnerlicht, wie Klavierspieler die Tasten. Aus Zerstreutheit habe ich ihn mit «Guten Morgen» gegrüßt, weil mich Menschen, deren Arbeit ich ungern gegen meine tauschen würde, immer verunsichern, und ich habe überlegt, ob er sich von meiner entspannten Auslegung des Begriffs «Morgen» provoziert fühlen müßte. Am größten sind meine Skrupel bei der Putzfrau im Fitneßcenter, die den ganzen Tag die Geräte vom Schweiß reinigen muß und damit nie fertig sein wird, ihr kann ich nicht in die Augen sehen.

Ich erwarte keine Post, es wundert mich immer, daß trotzdem manchmal ein Brief kommt, von einem Möbelhaus, das viel Geduld mit einem Kunden hat, der noch nie dort gewesen ist, oder von einer Videothek, die mich einlädt, doch mal wiederzukommen. Wenn sich genug Bösewichte verabreden würden, möglichst viele Briefe aus einer Stadt im südlichen Bayern an die Ostseeküste zu schicken, würde das die Post irgendwann ruinieren, denn das System basiert sicher darauf, daß die meisten Briefe kürzere Entfernungen zurücklegen, es kann ja nicht dasselbe kosten, einen Brief innerhalb einer Stadt zu befördern oder über viele hundert Kilometer hinweg. Aber ich möchte gar nicht, daß es der Post schlechtgeht, ich wünsche jedem Lebewesen auf der Welt, und auch der Post, nur das Beste, und ich mache immer besonders große Schritte, wenn ich über eine feuchte Fläche gehen muß, die gerade von jemandem gewischt wird, ich klopfe nie bei Taxifahrern an die Scheibe, wenn sie gerade Zeitung lesen, um sie nicht zu stören, ich gehe nie durchs Bild, wenn sich jemand fotografieren läßt, und ich kaufe im Werkzeuggeschäft, wenn ich eine Schraube oder eine Öse brauche, immer gleich fünf davon, damit der Verkäufer nicht enttäuscht ist.

Karl betrachtete jetzt fasziniert den Postboten, aber nicht so fasziniert wie die Müllmänner, die polternd die bunten Plastiktonnen aus den Hauseingängen rollen, die also etwas wegnehmen, statt etwas zu bringen, und bei jedem

Schritt mit dem riesigen Schlüsselbund am Gürtel klimpern, wie Karl mit den Glöckchen, die Klara anfangs an seinen Handgelenken festgebunden hatte, um ihm zu helfen, seine Hände zu koordinieren. Gleichzeitig beide Handschuhinnenflächen auf die halbkugelförmigen Wölbungen der Deckel zu pressen und zwei runde Aschetonnen kreiselnd vorwärts zu bewegen, das können die Müllmänner sicher nicht mehr, es ist aber auch nicht nötig, denn die Tonnen sind jetzt viereckig und haben Rollen, wie manche Möbelstücke (der Müllmann schafft es, eine Papiertonne zu schieben und eine zweite zu ziehen, aber sein jüngerer Kollege stapelt *sogar noch eine dritte* Tonne darauf).

Karl findet eigentlich alles interessant, was wir wegwerfen, um Oscar, dem Griesgram in seiner Mülltonne, eine Freude zu machen. Er kennt aber nur seine Stimme, von einer CD, weil er noch nicht fernsehen darf, noch schleusen wir ihn geschickt an allen Bildschirmen vorbei. In seinem Alter hatte ich die Sesamstraßenwesen schon «lebendig» gesehen, aber ich hatte nicht gewußt, daß sie bunt waren, weil wir anfangs nur einen Schwarzweißfernseher hatten, obwohl ich mir einbildete, die Farben trotzdem zu erkennen. Bei «Wetten Dass…?» war dieses Talent einmal Gegenstand einer Wette gewesen, aber der Kandidat war vor Aufregung gescheitert, vielleicht, weil er die Farben von Badeanzügen erraten sollte, die von lächelnden Mannequins präsentiert wurden.

Karl hatte heute sein neues Hemd mit breiten, chromatisch abgestuften Streifen an, die mich angenehm an die

Farbbalken vom Testbild erinnern. Als Kind fand ich das Testbild hypnotisierend, obwohl ich nicht wußte, welche Testergebnisse es lieferte. Nachdem ich unser Fernsehbild mit seiner Hilfe scharfgestellt hatte (was ich als meinen Beitrag zur Hausarbeit betrachtete), habe ich es vormittags lange studiert, die Gitterlinien, den schön gezirkelten Kreis, ich stellte mir vor, daß es sich auf einer Papptafel befand, die im Fernsehstudio abgefilmt wurde, und wünschte mir, daß einmal eine Fliege drüberkrabbeln würde. Ich starrte auf die unbarmherzig weiterzählende Digitaluhr und übte mich darin, mit geschlossenen Augen bis 60 zu zählen und die Augen genau nach einer Minute wieder zu öffnen, alles, um die Zeit bis zum Sendebeginn zu überbrücken, aus Sehnsucht nach Fernsehbildern.

Es gab auch weniger technische Pausenfüller, die Robbe, die auf dem Beckenrand lehnte und mit pulsierenden Bauchbewegungen Wasser herauspumpte, wie lange würde es dauern, bis sie das Becken auf diese Art geleert hätte? Das Testbild mit dem wissenschaftlichen Summton, ich muß nur daran denken, um mich sofort wieder an einem Vormittag in unserem kleinen Zimmer zu befinden, in dem man liegen durfte, wenn man krank war, mit etwas Fieber, nicht so viel, daß man nicht fernsehen konnte, aber doch hinreichend geschwächt, um das Recht zu genießen, seinen Tee aus der Schnabeltasse zu trinken.

Stündlich maß ich meine Temperatur, trug das Ergebnis in ein Diagramm auf Millimeterpapier ein und schüttelte das Thermometer runter, in dem sich immerhin Gift befand, eine Bewegung, die mit den Quecksilberthermometern aussterben wird. Nicht in die Schule zu gehen, wenn auch nur für einen Tag, fühlte sich seltsam unumkehrbar an, man sah auf der Uhr, daß die erste Stunde begonnen hatte, aber man merkte nichts davon, es war wie mit den Katastrophen in fernen Weltregionen, von denen keine Erschütterung bei uns zu spüren war. Ob sich die Klasse fragte, wo man blieb?

Noch seltsamer fühlte es sich an, wenn ich Schulfernsehen sah, *gleichzeitig* mit der Klasse, aber in viel bequemerer Position. Ich putzte den Bildschirm mit einem Glasreinigungsmittel, auf dessen Verpackung ein Fernsehbildschirm mit einem mißgelaunten Mann zu sehen war, den man durch das verdreckte Glas kaum erkannte, der Wischvorgang brachte auf einem zweiten Bild zutage, daß er in Wirklichkeit lächelte. Ich probierte das natürlich aus, aber es funktionierte nicht, der Mann war weder mißgelaunt noch lächelnd zu sehen, es war nur Reklame, wie meine Oma sagte, was für mich seltsam klang, weil ich es Werbung nannte (so, wie sie die Hausaufgaben Schularbeiten nannte, das Mittagessen Mittagbrot und Turnen statt Sport sagte).

Als Karl die Haustür aufgeschoben hatte, indem er seinen Körper dagegen stemmte (wobei ich ihm heimlich half), und wir die ersten Schritte aus dem Haus gemacht hatten, entdeckten wir, daß auf dem Bordstein ein kaputter Röhrenfernseher lag, mit dem Gesicht nach unten, man sah sein aufregendes Innenleben, grüne Leiterplatten, Kupferdrahtspulen, Lötstellen, winzige Industriegebiete mit silbernen Kesseln, Silos und Rohranlagen, alles mit inzwischen schon selbst wieder zur Sehnsucht gewordenen, alten Sehnsüchten behaftet. Leider habe ich es mit dem Lötkolben nie so weit gebracht wie Männer, die nicht nur die mechanische Welt beherrschten, sondern sich auch die unsichtbaren Kräfte der Elektrizität gefügig machten. Aber es war trotzdem faszinierend gewesen, an Winterabenden in unserem Kinderzimmer die heiße Lötkolbenspitze in das dampfende Kolophonium zu tauchen, den Harzgeruch einzuatmen und ein altes Gerät «auszuschlachten», um sich die bunt geringelten Widerstände oder den Ferritkern zu sichern.

Karl zeigte aufgeregt auf den Fernseher, der wie ein Weihnachtsbaum aus dem Fenster geworfen worden war, nur, daß wir nicht das Ende der Weihnachtszeit erlebten, sondern das der Röhrenbildschirme. Ich stand daneben und wartete darauf, daß sein Interesse abflaute und wir weitergehen konnten. Aber dann hob er einen Pflasterstein auf und trug ihn zu einer Baumscheibe, und an der Stelle gab es noch mehr lose Pflastersteine, er hätte lange zu tun mit dieser Arbeit. Der Bürgersteig ist monatelang aufgerissen gewesen, die hundert Jahre alten Granitplatten sind verschwunden, man bewegte sich darauf mit dem Kinderwagen wie eine Nadel auf der Rille einer Schallplatte. Es gab sogar noch Spuren von Granateinschlägen aus dem Krieg, und ich stellte mir immer vor, wo die Geschütze gestanden hatten. Die neuen Platten sind glatt und grau wie CDs, sie kommen aus China, wie ich auf einem Etikett an einer Palette davon gelesen habe. Und das kleine Pflaster rechts und links, von dem ich als Kind dachte, daß es für Hundekot vorgesehen war, weil der immer nur dort lag, hat nicht mehr das gekonnte Passée-Muster, das eine «regelmäßige Unregelmäßigkeit» haben muß, dem Auge wird jetzt eine Ordnung aufgezwungen, weil die Steine fast parallel in langen Linien liegen. (Sollte ich einmal nachts versuchen, das zu korrigieren?)

Ich nehme an, daß die heutigen Pflasterer die Kunst, ein weißes Rauschen aus Pflastersteinwürfeln zu modellieren, nicht mehr erlernen. Ich stelle es mir befriedigend vor, die Steine in den Sand zu stecken, nachdem man mit der spitzen Seite des Hammers eine kleine Grube hineingedrückt hat, wie wenn ein neuer Zahn ins Zahnfleisch gesetzt wird. Sie sehen aus wie Zuckerstückchen, und ich überlegte eine Weile, bei welchen Verwandten oder Bekannten meiner Eltern es einen Zuckerstückchengreifer gegeben hatte, mit Druckmechanismus, um den wir Geschwister uns bei jedem Besuch stritten, es waren für unseren Geschmack viel zu wenige Zuckerstückchen in den Kaffeetassen der Erwachsenen zu versenken. Wir stritten uns auch darum, wer auf dem Klappsitz am Ende der alten U-Bahn-Waggons sitzen durfte, wer beim Besuch der Tante den grünen, mit Sago gefüllten Stoffrosch bekam, wer sonntags, wenn der Pudding umgestürzt wurde und sich die von der Form modellierte Bauernhofszene zeigte, das kleine Küken essen durfte, wer bei unserer Oma das «Knüppelkissen» mit ins Bett nehmen durfte, ein steinharter Stoffknochen für den Nacken, wer Abreisende mit der «Winkmaschine» (einem anthropomorphen Korkenzieher) verabschieden durfte, und wer sich im Urlaub auf dem Dorf zuerst «Kon-Tiki» von Thor Heyerdahl sicherte, das dort im Regal stand (und morgens gab es immer Streit um den Honigbären, der seit Jahren nachgefüllt wurde. Es gab auch mehrere begehrte Honiglöffel, die das Problem, möglichst viel zähflüssigen Honig zu binden, mit bizarr geformten Oberflächen lösten. Man hielt sie so hoch, wie es ging, und freute sich, wenn der Honigstrahl nicht abriß und sein Ende, nervös und unvorhersehbar die Richtung wechselnd, eine kleine Kleckerburg aufs Brot schichtete.)

Es machte Karl Spaß, die Pflastersteine zu transportieren, sie hatten für ihn ein gutes Gewicht. So, wie ich sein Gewicht mag, wenn ich nach dem Spaziergang die Treppe hochgehe und er wie ein Säckchen mit Löschsand halb über meiner Schulter liegt und schläft, als wäre ich ein Cowboy und würde meinen betrunkenen Freund aus dem Saloon tragen. Man fühlt sich stark und lebenstüchtig, wenn man ihn mühelos hochhebt. Es ist seltsam, daß ich Karl überall gegen seinen Willen wegtragen kann. Wenn man das mit mir machen würde! Im wachen Zustand rächt er sich, indem er mich mit ruckartigen Armbewegungen in die gewünschte Richtung dirigiert.

Beim Gang in den fünften Stock, mit dem an meiner Schulter schlafenden Karl, ist mir eines Tages schlagartig bewußt geworden, daß ich sein Vater und für ihn unersetzlich bin. Im Flur der Wohnung versuche ich, möglichst leise die ursprünglich für die Raumfahrt entwickelten Klettverschlüsse seiner Schuhe zu öffnen – beim Kauf habe ich im Laden vor ihm gekniet und mit dem Daumen geprüft, bis wohin der große Zeh reichte –, bevor ich Karl so vorsichtig, wie man ein fertiges Puzzle auf eine andere Unterlage hebt, im Bett ablege, wo er sich sofort in seine seitliche Lieblingsposition dreht und weiterschläft.

2. KAPITEL

Ich brauche länger als geplant für diesen Bericht, weil Karl mit einem solchen Vergnügen auf die Tastatur eingedroschen hat, daß ich es ihm unmöglich verbieten konnte, nur, daß dabei der Buchstabe M abgefallen ist und ich den Kontakt jetzt mit der Fingerkuppe herstellen muß, was etwas schmerzhaft ist und immer einen Moment dauert.

Es erinnert mich an unsere alte, mechanische Schreibmaschine in ihrem schwarzen, mit Leder verkleideten Holzkoffer, bei der die Korrekturtaste fehlte und durch einen Pflasterpfropfen ersetzt worden war, aber, obwohl das Drükken des Pfropfens weh tat, begeisterte mich diese Möglichkeit, die unmittelbare Vergangenheit zu korrigieren. Man konnte ein Wort mehrmals an derselben Stelle tippen, so daß die Schrift fett aussah oder, wenn man ein Blättchen Tipp-Ex zwischen Type und Papier hielt, weiß überschrieben wurde. Man konnte eine Zeile auch nachträglich unterstreichen, was, wenn meine Mutter so unbegreiflich schnell tippte, am schönsten klang, eine Gewehrsalve, mit der sie einem Gedanken Feuerschutz gab. Andere Tasten waren mit einschüchternden Symbolen beschriftet, deren Bedeutung ich noch gar nicht kannte. Die Schreibmaschine wurde manchmal aus der Kammer geholt, weil wir damit spielen wollten, so selten wie der Xylophonkoffer, der Diaprojektor und das Mikroskop. Ich genoß es, durch die Maschine von meiner störrischen Handschrift befreit zu sein (für die ich in der Schule immer schlechte Noten bekam, sehe ich die Hefte heute, frage ich mich, warum), man hielt sich sofort für bedeutend und bekam Lust, ein Scherz-Gedicht zu schreiben.

Ich benutzte für die Reime unser «Rückläufiges Wörterbuch» vom VEB Bibliographisches Institut Leipzig, denn warum sollte man sich auf die Tagesform seines Wortgedächtnisses verlassen? Was für eine komplexe EDV-Aufgabe die Herstellung dieses Wörterbuchs mit rückläufig aufgelisteten Wörtern gewesen war, davon berichtete das Vorwort von 1964: «*Das Wortmaterial wurde von einer gründlich überarbeiteten Vorlage (Elöd Halász: Deutsch-Ungarisches Wörterbuch) abgeschrieben, wofür eine Schreibmaschine mit Lochbandstanzer verwendet wurde (SE L4 und SE L5, Mercedes, Zella-Mehlis, bzw. Streifenschreiber mit Empfangslocher, RFT Karl-Marx-Stadt). Der dabei gewonnene Lochstreifen wurde, um eine Sortierung vom Wortende her zu ermöglichen, rückwärts in ein Bandabfühlgerät eingelesen (Lecteur de bande, Bull, Paris). Die vom Band abgefühlten Impulse liefen über Programmsteuerung in einen Motorlocher, der sie auf Lochkarten übertrug (Pelerod MC, Bull, Paris). Zur einfacheren Handhabung der Korrekturen wurden diese Karten im Lochschriftübersetzer noch beschriftet (Traductrice, Bull, Paris). In einer alphanumerischen Tabelliermaschine (Tabulatrice, Bull, Paris) wurden sie danach, noch alphabetisch vorwärtslaufend, als Korrekturliste niedergeschrieben. Zu diesem Zeitpunkt erfolgten nochmals Ergänzungen und Eliminationen. Danach wurden diese Lochkarten, auf denen die Wörter verzeichnet waren, in Sortiermaschinen vom Wortende her, also rückläufig, alphabetisch sortiert (Sortiermaschine 431, BWS, Sömmerda). Anschließend wurden über die Zählwerke einer Tabelliermaschine bestimmte statistische Untersuchungen vorgenommen (Tabelliermaschine 401, BWS, Sömmerda). Danach konnte das rückläufige Wörterverzeichnis in der alphanumerischen Tabelliermaschine ausgedruckt werden.»* Ich muß zugeben, daß ich das nicht alles verstehe (und ich bin mir gar nicht sicher, ob die beschriebene Methode wirklich schneller zum Ziel geführt hat, als die Wörter auszuschneiden und einfach per Hand zu sortieren), aber es weckte bei mir erstmalig den Wunsch, auch so einen unterkühlt-heroischen Beruf auszuüben, bei dem Außenstehende nicht beurteilen konnten, ob man während der Arbeit träumte oder nachdachte.

Seltsam, zu welchen Leistungen einen Faulheit anspornen kann. Wieviel Zeit habe ich geopfert, um mit einem Tischtennisball den Umschaltknopf unseres Fernsehers zu treffen, weil ich zu faul war, aufzustehen und mit der Hand umzuschalten (es gab im ganzen Land keine Fernbedienung). Stattdessen kroch ich auf allen vieren durchs Zimmer, um den Ball immer wieder unter Schränken hervorzufischen und es noch einmal zu versuchen. Ich erinnere mich, wie unser Mathematiklehrer, über dessen täglich wechselnde, monochrome Pullunder-Hemd-Hosen-Kombination ich Buch führte, uns in der 10. Klasse eine Lochstreifenrolle zeigte, mit einem von ihm im Studium programmierten Algorithmus zur Berechnung von Logarithmen. Wie rückständig wir das fanden, schließlich benutzten wir schon Kassetten zum Speichern unserer BASIC-Programme. Wir fühlten uns der Technikentwicklung gewachsen und träumten davon, berufsmäßig bequem im Sitzen ein leistungsfähiges

Elektronengehirn mit dem Einhacken auf klackernde Tasten zu dominieren.

Beim Gedichteschreiben verhakten sich manchmal zwei Typenhebel der Maschine, wenn sie sich in die Quere kamen, das inspirierte mich zu dem Versuch, alle Hebel zu einem Metallklumpen zu verschmelzen, indem ich auf die Tasten schlug und Type für Type in den Klumpen jagte, den die anderen schon gebildet hatten.

Es kam mir lange falsch vor, ohne ein Schreibmaschinengeräusch zu schreiben, wobei das Schönste natürlich das energische Nachladen einer neuen Zeile Papier mit dem Metallhebel war. Jetzt schreibe ich am Computer fast lautlos, nur, wenn ich im Bett lese, ist es schon vorgekommen, daß ich durch das Schaben der Bleistiftspitze beim Anstreichen einer Zeile oder durch das Theater-Gewitterblech-Wabern, das beim Umblättern einer Seite entsteht, Karl geweckt habe. Aber das passiert auch manchmal, wenn ich nachts auf die Toilette schleiche und meine Knie knacken.

Klara sagt immer, ich solle nicht so leise tapsen, das sei gruselig, während lautes Tapsen nur störe. Wenn ich auf den Fußballen aus dem Zimmer und wieder zurück gehe, mache ich im Dunkeln Schwimmbewegungen, um Hindernissen auszuweichen, trotzdem trete ich manchmal gegen das Schaukelpferd oder kicke aus Versehen ein Matchboxauto durch den Raum wie ein sehbehinderter Godzilla, oder ich stolpere über die Matratzen, die Klara um das Bett auslegt, falls Karl herausfallen sollte (obwohl sie ihn schon durch einen Burgwall aus Decken und Kissen davor schützt).

In meiner Wohnung konnte ich den Weg zur Toilette im Dunkeln gehen, und beim Setzen stützte sich meine Hand genau auf dem Rand der Brille ab. (Ich habe als Kind manchmal geübt, mich mit geschlossenen Augen zu orientieren, um mich für den Fall vorzubereiten, daß ich erblinden sollte. In einem Kinderfilm aus dem Ferienprogramm, das ich an keinem Tag verpaßte, freute sich der blind geborene Sohn, daß er nach einer Operation tatsächlich sehen konnte, aber dann stellte sich heraus, daß seine eigene Mutter ihm ihre Netzhaut gespendet hatte und nun ihrerseits blind war. Das trübte die Freude doch beträchtlich. Meine Angst, das Augenlicht zu verlieren, war zeitweise so groß, daß ich beim Lesen abwechselnd ein Auge zukniff, um das andere zu schonen.)

Ich muß, wenn ich mich zu Klara lege, immer erst ertasten, wie sie ihren Kopf gebettet hat, um nicht mit meiner Stirn gegen ihre Nase zu stoßen, sie gibt sonst einen mißfälligen Grunzlaut von sich. Wenn ich ihren Hinterkopf vor mir habe, kitzeln mich ihre Haare in der Nase, an denen Klara als Kind nicht lutschen durfte, eine Vorsichtsmaßnahme gegen Bandwürmer. Es fällt mir immer noch schwer, ein Haar von ihr wegzuwerfen, wenn ich es vom Boden auflese. Ein chinesischer Kaiser hat für das Haar, das seiner Mutter beim Kämmen ausfiel, eine Pagode bauen lassen.

Wenn eine Frau einem im Bett den Rücken zuwendet, zeigt das, daß sie einem vertraut, da der Rücken der ungeschützte Teil des Körpers ist. Ich streichele ihre Wange, zärtlich wie ein Zwillingsbruder im Bauch der Mutter seine durch eine Membran von ihm getrennte Schwester. Ich schiebe meine Hand wie einen Türkeil unter ihre Hüfte und versuche, genau in ihrem Rhythmus zu atmen. Sie hat mir nämlich einmal von ihrer Enttäuschung darüber erzählt, daß ein Freund ihr harmonisch-gleichläufiges Atmen nicht bemerkt hatte.

Ich liege dann lange wach, puste ihre kitzelnden Haare weg und denke an mein Leben ohne die beiden zurück, als ich im Bett noch nächtelang lesen konnte und nicht auf der Seite liegen mußte, bis sich Klara bewegt und sich die Gelegenheit bietet, ein paar Zentimeter für meinen Rücken zu erobern. Als ich noch nicht jederzeit aus dem Schlaf gerissen werden konnte, weil Karl immer mit dem Wecker spielt und ihn dabei stellt. Als das Einlassen des Kaffeewassers in den Wasserkocher nur halb solange dauerte. Als ich mich noch nicht von den von Karl verschmähten Broträndern ernähren mußte und ständig Spielplatzsand in den Schuhen und einen Spuckefleck an der Schulter hatte. (Und als in meinem Kopfkissen noch Gänsefedern sein durften.)

In den ersten Monaten unserer Bekanntschaft hat Klara mich auf dem Nachhauseweg jedesmal gefragt, ob ich mit hochkommen wolle, damit es sich nicht so anfühlte, als sei das schon selbstverständlich. Obwohl ich extra für sie eine Flasche Kontaktlinsenflüssigkeit angeschafft hatte, ist sie nie gerne bei mir gewesen. Ich konnte ihr nur unbequeme Stühle anbieten, morgens waren ihre Augen vom Staub entzündet und ihre Nase verstopft, sie fühlte sich von meinen Schaustücken erdrückt. Eine vor Lachen vibrierende und wie eine

Exzenterwelle eiernde Elmo-Tomate, eine Flugzeug-Brechbeutel-Sammlung, ein historischer Schuhknöpfer, ein Yoda, der mit einer Armbewegung eine Scheibe zum Schweben bringen kann, ein zu einer Hand gebogener Draht, durch den Strom fließt und der pfeift, wenn man ihn mit einer Metallschlinge abfährt und aus Versehen berührt, eine Spielzeugarmbrust mit Zielscheibe in Form eines Adlers, ein gelbes Blasrohr für Gummipfeile (die ich leider nicht mehr besitze), eine echte Orgelpfeife (Kammerton a), unbenutzte Knallplätzchen, eine elektrische Kakerlake, die unermüdlich durchs Zimmer flitzt und allen Hindernissen ausweicht, ein Fläschchen mit Wasser aus dem Toten Meer, eine aufblasbare Sponge-Bob-Keule, eine ausziehbare Opiumpfeife aus China, eine Sammlung Miniaturbüsten von Diktatoren, eine elektrische Fledermaus mit rotleuchtenden Augen, die unter der Schlafzimmerlampe flügelschlagend im Kreis fliegt. Ich kann mich nur schwer von Dingen trennen, die mich zum Überleben brauchen. Zur Zeit ist mein Lieblingsgegenstand eine bulgarische Rechenmaschine für Kinder, ein Blechgerät, bei dem man durch Drehen an zwei Walzen die Zahlen von 0 bis 10 multipliziert, leider kann ich schon rechnen, sonst würde ich es gerne damit lernen.

Wenn es an meiner Tür klingelte, hoffte ich immer, daß eine Gruppe Kinder aus der Nachbarschaft mit meinen Matchboxautos spielen wollte, den echten, die noch Made in England waren, und nicht den späteren aus Hongkong oder Macao (seltsam, wie hier mit den Jahren Orte entthront wurden. Was machen die Leute aus Hongkong heute?). Vielleicht interessierte sie auch meine Sammlung von Kopfbedeckungen, ein spitzer Strohhut von einem Souvenirstand an der Chinesischen Mauer, ein krempenloses rumänisches Strohkäppchen, ein NVA-Helm mit Tarnbezug, eine bunte Mütze von den Lappen (daß es ein Volk gab, das so hieß, wollte mir im Kindergarten keiner glauben), eine Wollmütze, die mir meine Oma gestrickt hat (zwei Weltkriege hatte sie erleben müssen, weswegen die Mütze vielleicht wie eine Panzerfahrerkappe aussieht). In einem Feng-Shui-Buch, das auf Klaras Treppenabsatz lag, habe ich gelesen, daß mir eine Beziehungsecke fehlte, ein Sofa, vielleicht hätte sie mich dann öfter besucht. Aber ich hatte es mir zu Hause nicht zu gemütlich einrichten wollen, bevor ich die richtige Frau gefunden hätte, weil ich sonst vielleicht auch ohne ausgekommen wäre.

Im Kopf gehe ich die Reparaturarbeiten durch, die ich in Klaras Wohnung ausgeführt habe, angefangen damit, daß ich für sie die Shoppingkanäle von der Fernbedienung gelöscht habe. Ich freue mich im Grunde, wenn etwas kaputt und meine Hilfe gefragt ist, solange es meine Fähigkeiten nicht übersteigt, denn dadurch fasse ich hier Fuß, seltsamerweise hänge ich meine Jacke ja immer noch an der Türangel der im Flur fehlenden Tür auf, um ihre wenigen Garderobenhaken nicht zu besetzen, und es bringt mich zur Verzweiflung, wie lange man bei ihrem Herd den Gasknopf gedrückt halten muß, bis sich die Kindersicherung ausstellt.

Ich glaube, besonders gerne ziehe ich Schrauben fest, das gibt mir das Gefühl, meine Familie beschützen zu können. (Es kommt vor, daß man einer Mutter Schwung gibt und sie, ohne zu verklemmen, bis zum Anschlag das Gewinde hinaufkreiselt. Wenn es doch immer so sein könnte!)

Ich habe an den Rollogriff eine Schnur gebunden, weil das Rollo ihr oft aus Versehen hochgerutscht ist und sie immer aufs Fensterbrett steigen mußte, um es wieder herunterzuziehen, sie behauptete, das mache ihr nichts aus und man dürfe nicht zu bequem sein, aber ich denke, wenn sie durch die neue Schnur nur noch einen Handgriff nötig hat, schont das ihre Nerven und wir profitieren letztlich alle davon. Weil das Rollo etwas zu kurz ist, zieht sie für Karls Mittagsschlaf auch noch rechts und links die Gardine davor und verbindet den Stoff mit zwei Haarnadeln zu einer violetten Vulva. Klara hatte, als wir uns kennenlernten, weder einen Schraubenzieher noch einen Hammer im Haus, was mir die Gelegenheit verschaffte, beides anzuschaffen. Wie selten im Leben man einen Hammer kauft! Es geht doch auch eigentlich nie einer kaputt, die Welt müßte voll von Hämmern sein. Oft habe ich vor Werkzeugläden gestanden und bedauert, all diese für Spezialaufgaben entwickelten Geräte nicht zu benötigen. Trotzdem ist es mir lieber, den Fußboden zu wischen, als ihn neu zu verlegen.

Nach unserem Erlebnis mit dem Fernseher kam für Karl schon die nächste Vergnügung, er stieg wie immer die Stufen der Bäckerei hoch und lief sie wieder runter, um anschließend auf der untersten Platz zu nehmen. Es begeistert ihn, wenn ich mich neben ihn setze, er sagt dann «nemeinander» und freut sich über den passenden Ausdruck. Es ist oft so, daß er etwas sieht und benennt und zufrieden ist, weil alles seine Ordnung hat.

Ich habe überhaupt nicht geahnt, daß es so ein bedeutender Entwicklungsschritt für ein Kind ist, sich hinsetzen zu können. Während Karl geimpft wurde und ich mich an das unangenehm kühl-feuchte Gefühl des Desinfektionsmittel-Läppchens am Oberarm erinnerte, habe ich das Schema betrachtet, das beim Kinderarzt an der Wand hing und das bildlich die Entwicklungsphasen des Kindes nach Lebensmonaten darstellte, leider nur bis zum 13. Monat, was danach kam, blieb offen. Das Sitzen war eine recht spät erworbene Fähigkeit. Es wäre schön, wenn man sich sein Leben lang an so ein Schema halten könnte, um alle mit seiner Entwicklung zufriedenzustellen. Bei den Fähigkeiten, die meinem Alter entsprechen, hinke ich vermutlich etwas hinterher. Ich weiß noch, wie erwachsen ich mich fühlte, als mir eines Tages klarwurde, warum auf Plakatwänden im Sommer immer für Erfrischungsgetränke geworben wird.

Gerade hatte ich mich auf die Stufe neben Karl gesetzt, da verlangte er, daß ich ihm die große Schippe aus dem Bodenfach vom Kinderwagen gab, um damit einen Kiesel zu balancieren. Es erinnerte mich an meine Phantasie, heimlich Unordnung in der Welt zu schaffen, indem ich in der Hosentasche Steine aus dem Gebirge mitnahm und beim nächsten Aufenthalt am Strand liegenließ. Eine Unordnung, die natürlich nur Spezialisten bemerken würden, und das auch nur zufällig.

Wenn Klara wüßte, wie ich eine größere Wohnung einrichten würde, dann würde sie weniger entschieden auf einen Umzug drängen. Ich wünsche mir eine Wohnung, die für Kinder und auch für aufgeschlossene Jugendliche ein Paradies wäre. Ich hätte z.B. gerne ein Loch in der Wand, durch das manchmal ein Elefant seinen Rüssel steckt, den man mit einem Apfel füttert. Durch eine Öffnung im Boden, der teilweise mit echtem Rasen bedeckt ist, kann man an einer Stange runterrutschen, wie sie Feuerwehrmänner benutzen, wenn sie es eilig haben. Es muß interessante Gegenstände geben, einen echten Beichtstuhl, eine Nierensteinsammlung, eine Kanonenkugel, eine alte Reisedusche, eine Xylothek, einen Enterhaken, Blumentöpfe mit Erde von den Gräbern großer Philosophen (die wäre ja in Berlin leicht zu beschaffen) und auf dem Balkon eine Anlegestelle für Zeppeline. An den Wänden verläuft ein Rohrsystem, durch das Ameisen zwischen ihren verschiedenen Wohnstätten hin und her wandern. Eine elektrische Seilbahn führt durch alle Zimmer, und abwechselnd erreichen mich in den Gondeln Zettel von Karl, Gebäck oder Stofftiere. Ich bedauere, daß ich nicht alle meine Schuhe, die ich im Leben getragen habe, aufgehoben habe, ich würde sie gerne der Reihenfolge nach aufstellen, wahrscheinlich würde der Flur dafür reichen. (Vor dem Einschlafen versuche ich manchmal, einen vollständigen Stammbaum meiner Schuhe anzulegen und rückwärts durchzugehen, und ich erschrecke bei dem Gedanken, daß ich vielleicht nur noch zehn Paar Schuhe im Leben brauchen werde.)

Die Fusionierung unserer Wohnungen konnte ich mir lange nur als Schizo-Wohnung vorstellen, in der beide Teile wie das Holodeck des anderen wirkte. Ich mag aber den runden, konkaven Griff an Klaras Toilettentür, der, wenn man die Tür von innen zuzieht und den Mittelfinger mit einem Schnipsen vom Rand des Griffs löst, einen hohen Klangschalen-Ton erzeugt, wobei ich das Vergnügen daran erst nach Monaten bemerkt habe, bis dahin hatte mein Finger die Bewegung mechanisch ausgeführt, und ich hatte das Geräusch unbewußt genossen (anders als das Ploppen beim Abziehen des Gummideckels vom Rosinentöpfchen, das ich mir schon immer mehrmals hintereinander angehört habe). Im Bad gibt es außerdem eine Kammertür mit Zauberschloß, sooft ich auch den Schlüssel drehe, um diese Tür zu öffnen, es gelingt mir nicht, während sie bei Klara sofort aufgeht, ohne daß sie etwas anders zu machen scheint als ich.

Und jetzt fällt mir ein, daß ich auf ihrem Küchenschrank, als ich einen nach einem Zickzackflug (der immer so nervös wirkt wie die Schreibbewegung des Honigstrahls) dort verendeten Luftballon suchte, eine Sammlung kaputter Teller entdeckt habe, ein ganzer Vorrat an Reparaturaufgaben, den aufregend schnell trocknenden Zweikomponentenkleber habe ich schon besorgt, ich werde die Teller damit kleben, heimlich und behutsam, wie ich auch die Risse, die sich manchmal zwischen uns zeigen, unaufgefordert durch zärtliche Berührungen behandle, auch wenn das zur Folge haben kann, daß sie mich bittet, sie an genau der Stelle zu massieren, weil sie dort so verspannt sei.

3. KAPITEL

Wie an jedem Vormittag ärgerte sich Klara im Büro über die Sprüche ihres Chefs, der, wenn er Arbeit brachte, sagte: «Na, wer von Ihnen langweilt sich denn am meisten?» Ihr junger Kollege, mit dem sie neuerdings das Zimmer teilte, benutzte zum Unterstreichen mit Neonmarker ein Lineal und markierte *fast die gesamte Seite*, während ihre Sekretärin sich, jedesmal, wenn Klara zu ihr aufblickte, *so sorgfältig* die Hände eincremte.

Es fällt mir schwer, ihre Klagen ernst zu nehmen, da ich mir den Büroalltag immer idyllisch vorgestellt habe. War es nicht ein in camouflierende Geschäftigkeit gekleidetes Loslassen von allem, was einem wichtig war, wohltuend wie das Shavasana am Ende der Yoga-Praxis? Als sie mir erzählte, daß ihre Sekretärin sich bei ihr erkundigt hatte, welche Farbe sie in Zukunft für die Aktenordner von Klaras Dezernat nehmen solle, bekam ich eine Gänsehaut, weil ich nicht gewußt hatte, daß man in einem Büro über solche Gestaltungsspielräume verfügt.

Ein aufgeräumter Schreibtisch mit Glasplatte, unter der die Öffnungszeiten der Kantine klemmen und Sinnsprüche, wie: «Wer sich nicht dumm stellen kann, ist es», ein Stempelkreisel, mit Stempeln wie «Sachliche Richtigkeit überprüft und bestätigt» (die angenehme Kühle des in den Stempelgriff eingearbeiteten Nagelkopfs, die man im Sommer genießen kann, erfrischend für die Schläfen, wie nachts sein Kopfkissen umzudrehen), ein rundes Adressenverzeichnis, dessen Kärtchen beim Suchen flattern, wie man es aus amerikanischen Filmen kennt (sofort bekomme ich Lust auf einen dieser Filme, in denen, wenn ein Schurke den Fernseher einschaltet, immer gerade ein Nachrichtenbeitrag läuft, der ihn betrifft, Polizisten immer gerade dann zu einem Einsatz gerufen werden, wenn sie in ein Erdnußbuttersandwich beißen wollen, und Kinder im Sommer kreischend durch aus Hydranten schießende Wasserfontänen rennen), kinetische Objekte, die das Auge beschäftigen, während man einen Müller-Milchreis aus der Schublade löffelt und überlegt, ob man die Akte, an der man arbeitet, noch einmal verfristen kann. Mittags geht es in die Kantine, wo man zwischen «Essen I» und «Essen II» wählt und Teller und Nachtischschälchen auf einem Tablett zum Tisch trägt, weit genug von den Kollegen, um beim Essen träumen zu können, aber auch nicht zu isoliert, um nicht als Eigenbrötler zu gelten.

Ich hätte nie mehr Mangel an Büroklammern, diesen Denkmälern des Hookeschen Gesetzes, ich könnte meine Finger in einer mit diesem erfreulichen Gegenstand gefüllten Schale baden (ohne bunte Eindringlinge aus Plastik und natürlich nicht mit den romanischen Modellen, sondern mit den spitzen, gotischen). Übrigens wird weltweit nur jede zehnte Büroklammer benutzt, um Papiere zusammenzuhalten, die anderen dienen zum Reinigen der Nägel, als Zahnstocher, als Spielzeug in Momenten der Nervosität oder als Hilfsmittel, mit dem Gefangene heimlich ihre Handschellen öffnen.

Klara arbeitet in der Denkmalschutzbehörde, und ich spinne immer gerne an der Legende, daß die Büros der Bauabteilung, in der ich beim Gewässerentschlammungsprogramm tätig bin und wo ich mich mit dem Saugspülverfahren beschäftige, wegen eines Wasserschadens provisorisch in einen anderen Gebäudetrakt verlegt worden sind (Ein geöffneter Wasserhahn hatte übers Wochenende für eine Überschwemmung gesorgt. Ich kann es nicht ertragen, wenn Wasser verschwendet wird, gerade in Osteuropa tröpfeln auf Museumstoiletten, wo schon das Licht nicht funktioniert, oft Wasserhähne, man braucht Verantwortungsbewußtsein und Kraft, um sie zu schließen, was ich immer tue, wobei sich das für mich anfühlt, als würde ich etwas zum Aufbau des Landes beitragen.), so daß wir uns täglich im Fahrstuhl begegnet sind, und natürlich hatte ich sie sofort zu ihrer Arbeit ausfragen wollen, denn ich war davon überzeugt, daß man nicht nur Gebäude oder Monumente unter Denkmalschutz stellen sollte, sondern auch alte Fahrradständer, Stahlrohr-Klettergerüste, Gullydeckel, Farbnuancen verrosteter Garagentüren oder die letzten Spuren jahrzehntealter rot-weißer Warnbemalung, die man manchmal noch an Bordsteinkanten findet.

In Wirklichkeit haben wir uns aber kennengelernt, weil ich einmal an einer S-Bahn-Station aus Versehen mein Fahrrad an ihres angeschlossen habe, das schon am Fahrradständer lehnte, ich hatte mich mit meinem Bügelschloß verfädelt, und als ich wiederkam, fand ich einen laminierten Zettel mit Verwünschungen vor und bot ihr in meinem Antwortzettel an, ihre Bowdenzüge zu straffen, die ziemlich durchhingen, und ihr Rücklicht zu reparieren.

Tatsächlich ließ sie sich darauf ein, und schon beim

nächsten Treffen, wir gingen zusammen Sushi essen, erzählte sie mir, wie gerne sie auf dem Land leben würde und daß sie an diesem Tag ein Schaf in eine Akte gemalt habe, das sie hinterher nicht wiederfand, und jetzt Angst hätte, die Sekretärin könne es vor ihr finden. Wir freuten uns, daß wir etwas für die Japaner taten, bei denen es gerade ein schlimmes Erdbeben gegeben hatte, und feierten einen kürzlich errungenen Sieg der japanischen Fußballnationalmannschaft der Frauen (ihr sei klar gewesen, daß die Japanerinnen gewinnen würden, denn die seien so diszipliniert, die hätten bestimmt vorher wochenlang Elfmeterschießen geübt). Ich war heimlich erleichtert, daß wir Sushi essen gingen und nichts, bei dem Zwiebeln als Zutat in Frage kam, sonst hätte es so verräterisch gewirkt, wenn ich beim Bestellen «ohne Zwiebeln, bitte» gesagt hätte, als hätte ich vorgehabt, sie später noch zu küssen, was natürlich der Fall war.

Ich fände es schön, wenn ich beim Gewässerentschlammungsprogramm mit dem Saugspülverfahren beschäftigt wäre, weil das wie das Gegenteil aller ehrgeizigen Lebensentwürfe klingt, ein wundervoll sperriges Biographiedetail und ein Beruf wie ein Versteck, in Wirklichkeit texte ich aber für den Katalog von «Die neue Hausfrau», was ursprünglich nur ein Brotberuf sein sollte, da ich ja an einer Studie über die Schönheit schreibe, wobei ich in den letzten Jahren etwas vom Kurs abgekommen bin. Man paßt für einen Moment nicht auf, und plötzlich schreibt man statt über das Trendelenburg-Duchenne-Zeichen an der Statue des Kroisos über Sicherheits-Saughaken und den Brillen-

Rutschstop aus Silikon. Im gesamten Katalog von «Die neue Hausfrau» gibt es keinen einzigen Gegenstand, den man auch nur im entferntesten als schön bezeichnen könnte. Aber genau das ist ja mein Thema. Man muß lernen, wie der Feind zu denken.

Als ich das erste Mal zu Klara in die Wohnung durfte, staunte ich, daß in ihrem Flur ein großer Mutter-Pantoffel hing, in dem sie einen stattlichen Wurf Pantoffelkinder aufbewahrte, ich erzählte ihr von meiner Leidenschaft für Gegenstände, die sich selbst enthalten, ein Schlüsselbrett in Form eines Schlüssels, eine Packung Haribo-Goldbären in Form eines Goldbären, ein Spargelschäler mit Spargelprofil, ein regenschirmförmiger Regenschirmständer, ein tennisschlägerförmiger Tennisclub-Informationskasten und natürlich die selbsterklärende, bananenförmige Bananendose.

Nichts davon ist schön, es sind im Gegenteil sehr häßliche Gegenstände, man spürt förmlich, wie der namenlose Gestalter nach einer Idee suchte und ein erbärmliches Heureka-Erlebnis hatte, als ihm einfiel, daß die Buntstiftschachtel ja die Form eines großen Buntstiftes haben könnte. Ich fotografiere das alles und mußte natürlich sofort ein Bild des Mutter-Pantoffels machen.

Ich sehe noch Klaras spöttischen Gesichtsausdruck vor mir, als ich mich anschließend im Café in Gedanken über die Schönheit und ihre mächtige Gegenspielerin, die Häßlichkeit, hineinsteigerte. Ich hatte lange niemandem davon erzählt. Meiner Meinung nach hat das tägliche Berühren einer gut gestalteten Türklinke eine größere Wirkung auf die

Charakterbildung als der wöchentliche Besuch des Gottesdienstes. Ein schöner Gegenstand gibt einem den Glauben an die Menschheit zurück, er strahlt Liebe, Würde und Unschuld aus, wie eine Kinderzeichnung. (Vielleicht ist er aber auch gerade deshalb schön, weil in ihm Liebe steckt?)

Da ich wußte, wie ungewohnt es für Frauen ist, wenn Männer an ihren Interessen Interesse zeigen, und Klara mir erklärt hatte, daß sie mehr Mitgefühl für Tiere als für Menschen habe, wechselte ich (sicher etwas zu spät) mehr oder weniger geschickt das Thema und führte meine Idee für einen Zoo aus, in dem Tiere beherbergt würden, die Bauvorhaben verhindert haben.

Auf meiner Liste künftiger Zoobewohner standen schon die Grüne Keiljungfer und der Wachtelkönig, die ein Biologe auf dem Gelände der Waldschlößchenbrücke gehört (nicht gesehen!) hatte, Schwarzstörche, die den Bau eines Windparks bei Herzsprung verzögert hatten (ein Storchenpaar hatte sich im unmittelbaren Umkreis des für die Anlage vorgesehenen Geländes ein Nest gesucht), Lurche, die bei starker Sonneneinstrahlung auf Asphalt austrocknen, weswegen in bei Lurchen beliebten Gegenden Radwege nicht ausgebaut werden können und als Kieswege bestehen bleiben (oh, seliges Knirschen von Fahrradreifen auf Kies! Ein anderer Radweg konnte wegen in der Nähe nistender Schreiadler nicht gebaut werden. Was für eine Blamage für die Asphaltfreunde! Wenn es wenigstens irgendwelche schüchternen Flüstervögel gewesen wären, die ungestört bleiben sollten, aber *Schreiadler*!), die Wanderfalken, derentwegen für das Berliner Rathaus ein neues Beleuchtungskonzept entwickelt werden mußte, Juchtenkäfer, Fledermäuse und Hohltauben, die in alten, von der Bahn zum Fällen vorgesehenen Platanen nisteten (oder auch nur «Ruhe- und Fortpflanzungsstätten» hatten), Spatzen, die in einen leergemieteten Plattenbau in Berlin-Mitte eingezogen waren, der Luxusapartments weichen sollte, und natürlich Grauammern, Brachpieper und Waldohreulen, die tapfer das Tempelhofer Feld verteidigten. Nicht zu vergessen die seltene Fledermausart, die im Sockel des ehemaligen Reiterstandbildes Wilhelms I., über dem das Einheitsdenkmal errichtet werden sollte, nistete, und meine kleine Freundin, die Blauflügelige Ödlandschrecke, die in Magdeburg das Versiegeln eines Parkplatzes verhindert hatte.

Wir überlegten uns, daß man eine Tierguerilla aufstellen müßte, stoische Reptilien, schlafbedürftige Fledermäuse, kompromißlose Käfer, die sich auf Brachflächen, die bebaut werden sollten, in alten Häusern, deren Abriß drohte, und überall, wo Autobahnen geplant waren, ansiedeln und ihren lebenslangen Sitzstreik antreten würden. Als wir uns schließlich küßten und ich mit Indianerblick prüfte, ob sie die Augen geschlossen hatte, sah ich, daß vor dem Fenster des Cafés ein Betrunkener stand und uns begeistert applaudierte.

4. KAPITEL

Karl benutzte seinen kleinen Regenschirm, auf den er sehr stolz ist, abwechselnd als Krückstock und als Regendach, das Aufspannen durch Knopfdruck war eindeutig das beste am Schirm, gerade erforschte er, wie tief er die Schirmspitze in den Metallschlitz eines Fernmeldeschachtdeckels stecken konnte (ich denke mir, daß das große «F» auf diesen Betondeckeln für «Fernmelde» steht, es könnte natürlich auch «Feuer» oder «Falltür» heißen), da bemerkte ich beim Warten in meiner Hosentasche einen zusammengeknüllten Zettel mit Klaras Schrift, in der sie jeden Abend Karls «Buch» mit Aufzeichnungen zu seiner Entwicklung füllt, wobei ihre Begeisterung für ihn sie zu rührenden Diminutivexzessen treibt. («Wenn Du ein Schläfchen machst, sinken deine Fäustchen, langsam wie ein Fahrstuhl auf den letzten Zentimetern, bevor er hält, neben dein Köpfchen, und sobald sie das Laken berühren, saugst du eifrig ein paar Züge an deinem Nuckel.»)

Es war der Einkaufszettel, den mir Klara an diesem Morgen in die Hand gedrückt hatte, ich hatte wohl wieder nicht richtig hingehört und ihn sofort vergessen, denn wenn ich mir etwas merken soll, fühle ich mich zu sehr unter Druck gesetzt, ich bekomme dann eine Art Prüfungsangst (wie wenn ich im Schreibwarenladen, um einen Stift auszuprobieren, *irgendetwas* auf den bereitliegenden Schmierpapierblock schreiben soll), und später, wenn ich mir ihre Worte ins Gedächtnis rufe, wundere ich mich über die seltsamen Aufträge. («Eier aufbacken und mit Waschmittel strecken»? «Geweihe zerhacken und im Hasch verstecken»?)

Ich hatte den Zettel beim Spazieren in der Tasche mit den Fingern abwechselnd zu einem Röllchen und zu einer Kugel geformt und konnte ihn jetzt kaum noch lesen. Klaras Schrift war für mich sowieso nie einfach zu entziffern gewesen, sie schreibt das T mit einem schwungvollen Schnörkel am Fuß, so daß es wie ein J aussieht und sich kaum von ihrem großen K unterscheidet, bei dem der Schnörkel bis nach oben weitergeht. Wie eine aufgerollte Chamäleonzunge sieht der linke Fuß vom großen A aus. (Wie findet sie die Zeit, das so barock zu schreiben? Als würde sie mit der Stiftspitze auf dem Papier mehrere Loopings machen, um Schwung aufzunehmen.) Über dem kleinen u macht sie einen Querstrich, was bei uns nur sehr alte Lehrer taten, die das noch aus ihrer vom Rohrstock überschatteten Kindheit kannten.

Ich habe ihr vorgeschlagen, mir das Einkaufen unterhaltsamer zu gestalten, indem sie immer etwas aufschriebe, das ich gar nicht mitbringen sollte, und ich müßte raten, um was es sich handelte. Aber sie sagte, daß ich ja sowieso jedesmal etwas vergessen würde. Manchmal macht sie mir immerhin die Freude, aus allen Produkten einen langen Satz zu bilden oder kleine Skizzen von charakteristischen Früchten anzufertigen, wie in einem Mathematiklehrbuch, in dem die Zahl 4 durch vier Äpfel dargestellt wird.

Aber zur Zeit ist ihr nicht nach zusätzlichem Aufwand, ich bekomme nur nüchterne Listen von ihr, die ich natürlich trotzdem sammle. Die Reihenfolge, in der sie alles notiert, ist angeblich zufällig, je nachdem, wann ihr im Verlauf der

Woche etwas eingefallen ist. Ich übersetze diesen Text in einen Parcours durch den Laden, der nicht immer optimal ist, weil manchmal am Anfang «Birnen» steht («Mama sagt ‹Bierne›, Papa sagt ‹Börne›»), dann Dinge wie Hirse oder Brot und dann auf einmal wieder «Tomaten», so daß ich ein zweites Mal zum Gemüse- und Obststand muß, wo die Produkte mit einem kühlen Nebel bestäubt werden, um sie frisch zu halten, eigentlich könnte sie auch jemand mit Palmwedeln befächern, wie es in Märchenfilmen gutgebaute Sklaven bei osmanischen Paschas tun. Ich finde es schön, daß ich mich so in einen von Klara programmierten Großlager-Rangierroboter verwandle.

Früher hat sie mich manchmal in Verlegenheit gebracht, weil sie «3–4 Äpfel» schrieb und die Entscheidung, wieviele es genau sein sollten, mir überließ. Inzwischen schreibt sie nur noch «Äpfel», was auch nicht einfacher für mich ist (einmal stand dort sogar nur «Obst»). Es fällt mir nicht leicht, mich für einen Apfel aus der Kiste zu entscheiden. Als Kindern ist uns vermittelt worden, den größten und farbenprächtigsten Früchten mit Mißtrauen zu begegnen, da sie geschmacklich unter Umständen enttäuschen würden. Das kluge Kind nahm den verschrumpelten Apfel, in dem die Geschmacksmoleküle auf Kosten der Schönheit eng zusammengerückt waren und Kraft gesammelt hatten. Aber, wenn alles für einen bestimmten Apfel spricht, spüre ich diesen Drang, *gerade deshalb* einen anderen zu nehmen, um mich nicht als Marionette des blinden Geschicks zu fühlen. «3–4 Äpfel», das bedeutet drei bis vier, alle anderen Äpfel diskriminierende, blitzschnelle Entscheidungen mit der Hand, mich strengt das an.

Sollte ich heute mit Karl einkaufen gehen? Für den Weg dorthin würden wir ziemlich lange brauchen, wenn ich ihn nicht mit etwas locken konnte, z.B. mit den Autos, die im Kaufhaus für Kinder in einer Spielecke bereitstehen (es war auf die Dauer nicht möglich, ihm diese babygesichtigen Monster vorzuenthalten, deren Gestalter vermutlich auch vor Schulhöfen mit Crack dealen).

Seit ich einmal bei einem Spielzeugbus Geld in den Schlitz gesteckt habe, damit er eine Minute lang vor und zurück schaukelte, denkt Karl, daß man in Autos beim Starten Münzen stecken muß, so wie er auch glaubt, daß bei einer kaputten Glühbirne die Batterie leer ist und daß sich im Keller vom indischen Restaurant, in den eine Treppe führt, Murmeln befinden, weil im Keller von Klaras Eltern eine alte Murmelbahn steht, so wie er immer winkt, wenn wir uns küssen, weil er denkt, daß ich danach zur Arbeit gehe, oder, als ich die Gitarre stimmte und «Aahh» sang, mit offenem Mund und rausgestreckter Zunge angerannt kam, weil Klara ihm beigebracht hat, auf dieses Signal den Mund zu öffnen, falls er etwas Gefährliches hineingesteckt haben sollte, wie er «Määh» machte, als wir ihm ein Radieschen reichten, mit den Worten: «Das ist ein bißchen scharf!» oder, als ich «Backenzähne» sagte, in die Hände klatschte wie bei «Backe, backe, Kuchen», wie er «Aua» sagt, wenn er sicherstellen will, daß wir wirklich gucken kommen, wie er dachte, unser Telefon würde leuchten, wenn er es auf den Boden schmiß, denn so kannte er es von einem seiner Gummibälle, oder wie er begeistert auf eine runde, gläserne Deckenlampe zeigte, weil sie mit ihrem Messingknopf in der Mitte einer Brust ähnelte (seitdem ist mir aufgefallen, wie oft gläserne Deckenlampen Brüsten ähneln, ich fotografiere sie für einen Bildband über unfreiwillige Erotik).

Ich konnte Karl auch mit der automatischen Kaufhaustür locken, gegen die ich, als es ihn noch nicht gab, manchmal mit dem Kopf geknallt bin, weil sie sich für mich zu langsam öffnete, ich hatte es offenbar immer eiliger, als es für den Durchschnittskunden vorausberechnet worden war. Das war zum Glück vorbei, Wartezeiten machten mir nichts mehr aus, man mußte sich nur bewußt machen, daß das beste im Leben immer gerade stattfand.

Manchmal funktioniert eine List, und man ist erleichtert, weil Karl wirklich tut, was man möchte, nachdem er, als Nicht-Trivialmaschine, kurz darüber nachgedacht hat, ob es ihm annehmbar erscheint. Er war aber gerade mit einer neuen Entdeckung beschäftigt, einem einzelnen Handschuh, den jemand auf eine Zaunspitze gespießt hatte, um ihm die Chance zu geben, vom Besitzer wiedergefunden zu werden. Ich habe schon eine ganze Serie von Fotografien einzelner Handschuhe, das Thema geht mir so nahe, daß ich ein Gedicht darüber geschrieben habe:

Handschuhe

Die Finger haltet ihr warm
Damit sie nicht versteifen
Sie fühlen sich wohl am Arm
Beim Baumeln und beim Greifen

Die Finger brauchen wir
Zum Schnipsen und Sortieren
Zum Zählen und Berühren
das kann so gut kein Tier

Ein Handschuh links, und rechts ein zweiter
Aus Leder und aus Wolle
Der richtige Begleiter
Für Gletscher und Eisscholle

Der Hand Zuhaus ist der Handschuh
Da drinnen hat sie es gut
Da muß sie nicht frieren
und faßt neuen Mut

Der Torwart braucht seine Handschuh
Und der Doktor im OP
In den Hintern greift er der Kuh
Und tut ihr dabei nicht weh

Es gibt linke und es gibt rechte
Sie sind immer zu zweit
Man trägt sie bei Schuppenflechte
Denn sie sind hilfsbereit

Handschuhe auf Straßen
Alleine liegen zu sehn
Das kann einem dermaßen
Das Herz in der Brust umdrehn

Ist das denn so unter aller Kanone?

Im Kaufhaus sehe ich oft den älteren, grauhaarigen Herrn in schmutzigen Jeans, der immer lächelt und Vorbeigehende anspricht, ohne auf Antwort zu hoffen. Er ist Maler gewesen, bis ihm sein Atelier abbrannte und er beschloß, statt von vorne zu beginnen, seine Tage lieber unter Menschen zu verbringen.

Am Fahrstuhlknopf aus Metall bekomme ich häufig einen Schlag («Einen Umschlag», wie Karl sagt), für mich ist das Gebäude dadurch eine Fehlplanung. Weil Karl sonst heftig weinend protestiert, lasse ich ihn einen Kindereinkaufskorb mit einem Plastikfähnchen schieben. (Neulich stand an der anderen Kasse eine Frau an, deren Kind weinte. Karl ging zu dem Jungen, sah ihm ins Gesicht und fragte: «Eintaufswade?»)

Ich gehe mit meinem Erwachsenenkorb voraus (wie groß sie geworden sind! Man kauft dadurch immer zuviel ein, wie bei großen Pfannen, in denen man eine Portion

Risotto für sich zubereitet, die dann drei Tage reicht), den ich *im selben Schlitz* mit einem 50-Cent-, einem 1-Euro- oder einem 2-Euro-Stück abketten kann. Wie alles doch unaufhaltsam immer besser wird! (Besonders bewundere ich das, wenn ich eine auf dem Kopf stehende Ketchupflasche betrachte. Ob der Erfinder dieser Methode, an den Ketchuprest im Flaschenboden zu kommen, reich geworden ist? Ich würde es ihm gönnen. Ich glaube, daß es für jedes Problem eine Lösung gibt, die genauso einfach und radikal ist, nur, daß man nicht darauf kommt.)

Der Euro im Korb gehört mir noch, während mir der Korb sicher nicht gehört, aber ich kann wahrscheinlich nichts mit dem Euro bezahlen, ohne vorher den Korb zu kaufen, wobei auch dann kaum ein Händler den Korb mit dem eingeklemmten Geldstück als Bezahlung annehmen wird. Schade, daß ich über keine juristischen Fachkenntnisse verfüge, um solche kniffligen Fragen zu klären. Ich wüßte auch gerne, wem die Waren im Korb gehören, solange sie noch nicht bezahlt sind. Darf ich einem anderen Kunden eine Packung Kekse aus seinem Wagen «stehlen» und sie in meinen tun? Hat er die Kekse schon «in Gewahrsam»? Und was ist, wenn ich die Waren einfach nur im Wagen spazierenfahre und sie später wieder einsortiere?

«Sie haben den Kefir an der falschen Stelle ins Regal getan, bei den Wiener Würstchen.»

«Für mich ist das die richtige Stelle, ich kann ja nichts dafür, daß Sie dauernd umbauen. Jahrelang stand der Kefir dort. Sie werden sich noch wundern, wenn ich nach und nach *alle* Waren in Ihrer Kaufhalle wieder richtig einsortiere.»

«Sie dürfen hier aber nicht die Waren umstellen.»

«Bei H&M muß ich die anprobierten Sachen auch nicht selbst wieder einsortieren, das machen dort freundliche Mitarbeiter.»

«Dann versuchen Sie doch, bei H&M Ihren Kefir zu kaufen.»

«Genau das werde ich tun, darauf können Sie sich verlassen!»

Angenommen, ich will dagegen protestieren, daß bei REWE Zwiebelmettwurst im Angebot ist, und packe sämtliche Zwiebelmettwürste in meinen Wagen und fahre damit im Geschäft umher, von morgens um 7 Uhr an. Abends um halb 12 lege ich sie dann wieder ins Regal. Wenn das im ganzen Land 100 Aktivisten eine Woche lang machen würden, bekämen die Hersteller von Zwiebelmettwürsten kalte Füße.

Noch besser würde es bei Gefrierspinat funktionieren, weil der in der Zwischenzeit auftauen würde. Oder man widmet sich diesen sicher sehr umweltschädlichen Fertigeiswürfelbeuteln. Ich kann ja nicht gezwungen werden, etwas, was ich im Wagen habe, auch wirklich zu kaufen, nach dem Motto: «Berührt, geführt.»

Vor ein paar Wochen wurde in der Kaufhalle einmal der Boden mit einem Fahrzeug gewischt, für Karl war es ein Staubsauger, er erinnert sich seitdem daran, daß er davor Angst hatte, und wir müssen immer erst prüfen, ob die Luft rein ist, bevor Karl das «Vorsicht Rutschgefahr»-Schild an eine Stelle trägt, die ihm dafür besser geeignet scheint.

Ich lege die Einkäufe in seinen Korb, damit er sich nützlich fühlt. An der Milchprodukte-Ecke rennt er plötzlich davon, ich finde ihn am Flaschenautomaten wieder, wo er eine kleine Packung Mandelmilch in das Fach für leere Flaschen stellt und die Klappe energisch zuschiebt. Es rumpelt schön geschäftig, aber der Automat nimmt die Mandelmilch nicht an.

Karl schließt die Klappe immer wieder und protestiert, wenn ich ihn dort wegholen will. Wenn er dürfte, würde er sämtliche Regalinhalte über diese Pforte ins Nichts befördern. Ich kann ihn gut verstehen, denn Automaten habe ich auch immer geliebt. Sie sind einfach nie beleidigt! Wenn ich einen Kaffee am Automaten kaufe, muß ich mich nicht bedanken, obwohl der Automat selbst das manchmal sogar in verschiedenen Sprachen tut. Es gibt Automaten, die den Geldschein ganz unwirsch einziehen, wie ein Kind, das einem ein Geschenk aus der Hand reißt und damit verschwindet, ohne sich noch einmal umzudrehen, aber man weiß ja, daß der Automat nichts dafür kann. Wenn man einen Automaten lange nicht benutzt hat, muß man ihn nicht erst begütigen und tagelanges Schweigen ertragen, bis er wieder auf einen reagiert. Dafür wird man von ihm natürlich auch nicht vermißt.

Die Einseitigkeit der Gefühle ist sicher ein großes Manko im Umgang mit Maschinen. Ich habe einmal einen Mann beobachtet, der sich immer wieder nach seinem parkenden Auto umdrehte, es machte ihn unglücklich, sich zu weit davon zu entfernen, er entschied sich dann aber doch dafür, zu Hause zu übernachten statt auf der Straße. Wäre es tröstlich, wenn mein Radio im Winter auch einmal heiser würde? Wenn ich meinem Fernseher ein Gutenachtlied singen müßte, damit er sich ausschaltet? Oder wenn mein Drucker auch mal etwas Selbstgemachtes drucken würde? So viele Jahre haben wir zusammen in einem Raum verbracht, und im Grunde weiß ich gar nichts von ihm.

Wenn ich Klara eine Freude machen will, reicht es, ihr einen Tee zu kaufen. Die Sorten werden inzwischen nicht mehr nach dem Inhalt klassifiziert, sondern nach emotionalen Zuständen oder seelischen Entwicklungsschritten, die der Tee unterstützen soll. «Erleuchtung», «Klarer Geist», «Ruhige Seele», «Loslassen», «refresh», «Einklang», «Hier & Jetzt», «Zeit zum Ankommen», «move on», «Frauen Balance» und «Frauen Power». Mir ist diese Einteilung noch viel zu ungenau. Ich hätte gerne ein Teesortiment für feinere Gefühlsnuancen:

«Nicht abwarten können, was der Partner vom Geburtstagsgeschenk halten wird»-Tee

«Dem Kind nachwinken, wenn es zum erstenmal alleine zur Schule geht»-Tee

«Nach Wochen endlich wieder die Wohnung geputzt und sogar den Kühlschrank ausgewischt haben»-Tee

«Plötzlich Angst bekommen, ohne seinen Partner nicht mehr leben zu können»-Tee

«Sich auf eine neue Staffel der Lieblingsserie freuen,

aber dann will der DVD-Player sie nicht abspielen, weil der Ländercode nicht stimmt»-Tee

«Nicht vergessen können, wie jemand seinen Hund am Halsband gezerrt hat»-Tee

Ich versuche immer, mich an der Kasse bei der kleinen Asiatin anzustellen, weil ich mir dann vorstellen kann, ich sei in Japan. In meiner Phantasie ist man dort sehr sanft zueinander und legt auch bei den alltäglichsten Dingen Wert auf Schönheit und Harmonie. Ich weiß, daß es Japaner zu Tränen rührt, wenn sich eine Reihe Teeschälchen durch kleine Dellen oder ein Gitternetz von Rissen um Winzigkeiten voneinander unterscheiden. Man kann sicher auch etwas Symbolisches darin erkennen, daß wir immer noch Beutewaffen als Besteck benutzen, Spieße und Messer (daß man die linke Hand auf den Tisch legt, gilt als gutes Benehmen, es war aber ursprünglich nötig, um zu demonstrieren, daß man neben dem Messer, mit dem man aß, keine weiteren Waffen versteckte), während man dort mit Stäbchen ißt, die jeden Bissen auszeichnen, indem sie danach greifen. Das Essen mit Stäbchen erinnert an das behutsame Füttern von Vogeljungen. (Sollte ich Karl überhaupt lernen lassen, mit Messer und Gabel umzugehen?)

Ich betrachte die Waren, die die Kundin vor mir aufs Band gelegt hat, eine Tüte Gewürzmischung, Nescafé, Kurzkoch-Reis, ein Glas Marshmallow-Creme, ein Toastbrot und eine Flasche Baileys. Es kommt mir seltsam vor, daß wir uns vor anderen so bloßstellen und ihnen unsere Einkäufe zeigen, statt sie dezent mit einem Tuch zu bedecken. Oft bekomme ich Mitleid, wenn ich die fremde Auswahl betrachte, und ich hege heimlich die Hoffnung, mit meiner Warenzusammenstellung andere zu ermutigen, ihr Leben zu ändern.

Wenn der Kunde vor mir seine Geheimzahl eintippt, schaue ich automatisch zur Seite, wie in der Gemischtsauna beim Duschen. Karl wuchtet unsere Einkäufe aufs Band, ich darf ihm nicht helfen, all die Tätigkeiten, die mir schon lange lästig sind, für ihn sind sie noch ein Spiel, das Erwachsene gerne für sich reservieren würden, weshalb er unbedingt mitmachen will. Ich würde gerne einmal wie in Mittelalterfilmen bezahlen und der Verkäuferin ein Geldsäckchen zuwerfen: «Dein Anteil, Weib!» Ich verlange immer den Bon, damit es so aussieht, als sei ich verheiratet und als ließe sich meine Frau zu Hause das Restgeld aushändigen, um es in ihrer Schürze verschwinden zu lassen.

Nach dem Bezahlen kommt ein Moment, auf den ich mich freue und der den Rest des Tages prägen kann, wenn ich nämlich alles in eine neue, frische Plastiktüte packe, die Tüten sind ja an den Griffen auf die zartest denkbare Weise mit zwei Klebepunkten verschlossen, es fühlt sich jedesmal so feierlich an, das Tütenhymen aufzureißen und die frische Tüte einzuweihen. Wenn ich eine Fehltüte erwische, bei der die Verbindung sich schon gelöst hat, fühle ich mich immer um einen Genuß betrogen, an den mich der Kapitalismus heimlich und ganz gegen meinen Willen gewöhnt hat.

5. KAPITEL

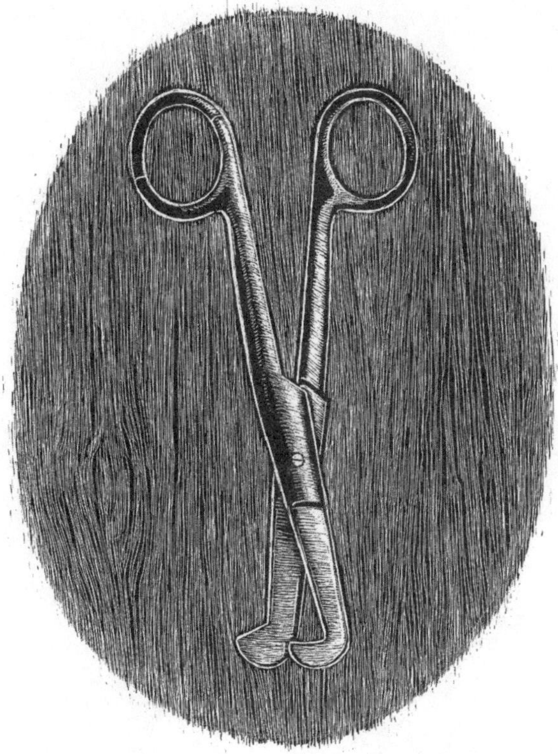

Wir staunen immer, wenn wir alte Fotos von Karl betrachten, wie schön wir ihn damals fanden, weil er jetzt doch viel schöner ist. Ich schickte Klara ein Bild von Karl mit Regenschirm, und dann noch eines von Karl, wie er den Kiesel balancierte, und es kam mir seltsam vor, daß ich mir so gerne Bilder ansehe, die ihn vor wenigen Sekunden zeigen, während es mir bei älteren Bildern die Luft abschnürt, weil die Zeit so schnell vergeht. Deshalb schreibe ich ja diesen Bericht, auch wenn ich die Zeit damit nicht stoppen kann (das kann ja leider auch keine Stoppuhr).

Um mich seelisch auf Karls bevorstehende Landung einzustellen, hatte ich Klara in den geburtsvorbereitenden Kurs begleitet, wo ich viele, neben ihren übertrieben bauchigen Frauen klein und ängstlich wirkende Männer sah, die ihnen, um sie milde zu stimmen, ununterbrochen den Rücken streichelten, sie kamen gar nicht dazu, wie ich von Zeit zu Zeit vom Boden aufzustehen, um sich aus der Gratis-Keksdose in unserer Mitte Nachschub zu holen, eine Stärkung, während wir die in Frage kommenden Geburtsstellungen probten (am natürlichsten sei es, wenn die Frau das Kind auf allen vieren bekomme, man würde sich ja, wenn man unter Verstopfung leide, auch nicht auf den Rücken legen, das sei nur dem «männlichen Blick» der Ärzte geschuldet, die bei der Geburt eigentlich nichts zu suchen hätten).

Leider haben wir, als es soweit war, nicht die Stellung mit dem Gymnastikball gewählt, auf dem man sich wie eine Riesenameise mit elastischem Po fühlte, während man seine auf dem Boden vor einem hockende Frau von hinten mit den

Armen umschlang. Im Krankenhaus hatte Klara während einer Herztonmessung Limettenduft eingeatmet und Wasser getrunken, das ich ihr aus einer Karaffe nachschenkte, denn davon sollte Karl in ihrem Bauch geweckt werden (etwa so, wie mein Vater mich sonntags mit einem kalten Waschlappen weckte?), es waren Unregelmäßigkeiten festgestellt worden, weil Karl, der zu dem Zeitpunkt noch keinen Namen hatte, an der Nabelschnur spielte und ihm davon offenbar blümerant wurde. Sicher war die Versuchung groß, diese vor ihm schwimmende Schnur zu packen und sie zu drükken, sein erstes Spielzeug. (Oder muß man schon das Fruchtwasser dazuzählen, das er gerne schluckte und wieder ausspuckte? Ich habe beim Duschen auch immer den Mund halb offen und lasse Wasser hineinlaufen und wieder herausrieseln wie aus einem Brunnenbecken.)

Auf dem ersten Ultraschallbild ähnelte er einem von einem U-Boot-Radar erfaßten, unbekannten Objekt (die Schwarzweißaufnahme war ein sympathischer Außenseiter in unserer modernen Bildwelt, wie das nächtliche Himmelszelt eines DOS-Fensters auf dem bunten Computerbildschirm). Jetzt schwamm er dort im Bauch und hörte unsere Stimmen wie beim Tauchen in der Badewanne, wann würde er sich auf den Weg zu uns machen? Wir können auf dem Mond landen und Joghurt mit künstlichem Blaubeergeschmack herstellen, aber wir wissen nicht, wodurch sich das entscheidet.

Ich lag auf der Station neben Klara und machte Mittagsschlaf, nachdem ich die Knöpfe am Bett ausprobiert hatte, das sich hochfahren, schrägstellen und falten ließ, es ging immer noch ein bißchen bequemer. Die Herztöne aus dem Lautsprecher des Meßgeräts hörte ich durch meine Ohrstöpsel, aber nicht das Wehklagen der Gebärenden aus den anderen Räumen. Es klang, als würde Karl im Bauch eine Laubsägearbeit machen.

Im Foyer hatte ich in einem Schaukasten eine Reinigungsgarnitur für Schreibmaschinen betrachtet, die demonstrieren sollte, wie rustikal es hier früher zugegangen war. Es gab auch einen beängstigenden «Kranioklast zur Zerkleinerung und Extraktion eines perforierten Kinderschädels», eine für Köpfe geeignete «Naegele-Zange» und etwas, das wie unsere Tranchierschere aussah, die mein Vater nur ein Mal im Jahr für die Gans benutzte, eine dieser männlichen Spezialaufgaben, die mir die Vorfreude aufs Erwachsensein trübten, das es notwendig machen würde, am Wochenende unter dem Auto zu liegen, ständig Nachrichten zu gucken und mit den Fingern von Familienhaaren verstopfte Abflüsse zu reinigen.

Im Geburtsraum lag auf einer Babywaage ein Maßband, wie es das tapfere Schneiderlein auf Märchenbuchillustrationen in der Hand hält. Auf dem Glasdach des Inkubators relaxte bäuchlings ein Stofftier und schaute in den leeren Behälter hinab. Klara versprühte vor ihrer Nase ein Wölkchen bulgarisches Rosenhydrolat, dessen Aroma sie bei ihrer Aufgabe unterstützen sollte. Ich hielt ihr linkes Knie hoch und hoffte, daß sie mich nicht schlagen oder beschimpfen würde, denn auf so etwas waren wir vorbereitet worden, damit mußte der Mann rechnen, weil er schließlich Schuld hatte an den Schmerzen der Frau.

Sie solle beim Atmen nicht «knurren», sagte die Schwester, das koste Kraft. Die Schwester gab mir ein Handtuch, das ich unter meinem T-Shirt für Karl anwärmen sollte, ich war froh, dadurch auch eine Aufgabe zu haben, denn ich fühlte mich bei der ganzen Prozedur so überflüssig, wie wenn ich dem ADAC-Mann beim Anklemmen des Starthilfekabels zusah. Ich starrte auf das Meßgerät mit der Sekundenanzeige und den vielen Knöpfen, die gar nicht benutzt wurden. Ich las den Namen der Hebamme auf ihrem Schild und erinnerte mich, daß Klara gesagt hatte, sie sei geschieden, was sich hoffentlich nicht auf unser Kind auswirken würde (meine Hebamme ist vor ein paar Jahren gestorben, und ich habe mich nie bei ihr dafür bedankt, daß sie meine erschöpfte Mutter gestreichelt hat, als sie aus der Ohnmacht aufgewacht ist). Irgendwann fragte sie Klara, ob sie schon einmal Karls Schädel fühlen wolle. Der Muttermund öffne sich 10 cm, erfuhr ich von der Schwester, und ich suchte im Kopf nach der Formel, die ich seit der Schulzeit nicht benutzt hatte ($U = 2\pi \times r$), um schnell auszurechnen, daß der Kopf des Neugeborenen dann einen Umfang von 31,4 cm haben konnte.

Wenig später lag Karl schon auf Klaras Bauch, nur sein Gesicht war unter der Decke zu sehen, und es tat mir ein bißchen leid, daß wir ihn aus seinem schönen Versteck gezerrt hatten. Klara war hingerissen von seiner Schönheit (anscheinend hatte sie sich auf das Schlimmste eingestellt), und mir ging der Satz durch den Kopf: «Die Geburt ist der Beginn eines langen Abschieds.» Dabei hatte der Abschied schon lange vorher begonnen, als Karl sich in der Gebärmutter zum erstenmal vom beruhigenden Sonargeräusch ihres Herztons weggedreht hatte, um seinen Lebensraum zu erkunden, ohne zu ahnen, daß er ihn bald für immer verlassen mußte. In dem Moment, als seine Neugier erwachte und den Drang überwog, mit dem Ohr möglichst nah am beruhigenden Mutterherzpuckern zu schwimmen, hatte sein Weg in die Selbständigkeit begonnen.

Ob wir die Nachgeburt haben wollten? Zu homöopathischen Kügelchen verarbeiten? Oder sie begraben und einen Apfelbaum darauf pflanzen? (Meine Großmutter hatte, von der Nachgeburt überrascht, noch gedacht, sie habe Zwillinge ausgetragen.) Die Nabelschnur sah aus wie ein durchsichtiger Plastikschlauch, als ich sie mit einer Spezialschere zerschnitt, die anschließend weggeworfen werden sollte (natürlich ließ ich sie mir aushändigen).

Während Klara in einem anderen Raum versorgt wurde, saß ich mit Karl im Arm auf einem Geburtshocker. Wenn ich ihn beobachtete, erfuhr ich vielleicht auch etwas über meine ersten Stunden auf der Welt. Er hatte weiße Pünktchen auf der Nase (und Klara rote Punkte im ganzen Gesicht). Mein rechter kleiner Finger steckte in seinem Mund, es war beeindruckend, daß er schon in der Lage war zu saugen, auch wenn ich ihn nur mit meinem Finger abspeiste, manchmal flatterte die Zunge einen Moment wie ein Schmetterling. Ich probierte gleich einmal selbst aus, wie Saugen funktionierte, und staunte, was für eine entscheidende Rolle dabei die Zunge spielte, zum Glück war er kein Knochenzüngler wie der Arapaima.

Ein paar Wochen später ging ich nachts stundenlang im Zimmer im Kreis, weder konnte ich schlafen noch auf die Toilette gehen, es half nichts, Karl im Arm zu wiegen, man mußte aufstehen und gehen, sonst hörte er nicht auf zu schreien. Ich überlegte, ob es Bedürfnisschreie waren und um welches Bedürfnis es sich dann handelte, oder Erinnerungsschreie, mit denen er sein Geburtstrauma verarbeitete, was man ihm nicht verwehren durfte, sonst würde er später Angst vor Tunneln haben und sich Pullover nur widerstrebend über den Kopf ziehen lassen, meine Rolle beschränkte sich dann darauf, mich ihm aktiv zuzuwenden und eventuell mitzuweinen. Ich fühlte mich wie Jason Statham in «Crank», dem ein sogenannter «Beijing-Cocktail» aus irreversiblen Beta-Blockern injiziert wurde, weswegen er es schaffen muß, seinen Adrenalinspiegel hochzuhalten, weil er sonst sofort sterben würde. Seine Peiniger hätten ihm auch Karl in den Arm legen können. Sobald ich mich hinsetzte, runzelte er die Stirn, lief rot an, schrie und wand sich wie unter Schmerzen. Ich konnte mich nicht am Kopf kratzen, meine rechte Hand war blockiert, weil Karl meinen kleinen Finger im Mund hatte, ich hatte ihm leider voreilig den rechten gegeben, an dem er jetzt saugte, wobei ich die Hand schmerzhaft verdrehen mußte, damit der Nagel auf der Zunge auflag und ihn nicht am Gaumen kratzte. Bei der Intensität, mit der er saugte, mußte ich aufpassen, daß mein Finger nicht eingesaugt wurde und ich gleich hinterher, vielleicht verschwanden deshalb so viele Väter spurlos. Ich versuchte, ihm mit dem linken Daumen den Nuckel in den Mund zu drücken, den er immer wieder ausspuckte, woraufhin er sofort schrie, während ich seinen Kopf stützte, den er dauernd nach hinten warf, ich hatte Angst, er könnte sich durch eine zu heftige Bewegung das Genick brechen. Was hätten die «Frauen im Busch» jetzt getan?

Seit Karls Geburt waren uns von den verschiedensten Fachleuten immer wieder Wunderdinge über die «Frauen im Busch» erzählt worden, die bei der Babybetreuung von Natur aus alles richtig machten, ohne je einen Ratgeber studiert zu haben. Sie standen noch am Tag der Geburt wieder auf dem Feld, sie stillten 24 Stunden lang und trugen ihr Kind rund um die Uhr am Körper. Die Kinder im Busch schrien deshalb auch nicht. Die «Frauen im Busch» brauchten übrigens auch keine Windeln, weil ihre Babys, kurz bevor sie «groß» machten, einen Signallaut ausstießen und die Zeit danach genau ausreichte, um sie von sich wegzuhalten. (Allerdings war «Busch» ein weiter Begriff. Es war durchaus ein Unterschied, ob man ein Zinacanteco-Indianer-Baby war und, um vor Geistern beschützt zu werden, nach der Geburt eine halbe Stunde nackt an den Rand einer Feuerstätte gelegt wurde, ein Baby vom Stamm der Mundugumoren aus Neu-Guinea, bei denen jeder des anderen Feind ist und die Eltern sogar ihren Kindern mißtrauen oder ob man in Polynesien geboren wurde, wo die Kinder bis zum vierten Lebensjahr mit Erwachsenen nicht im Stehen sprechen dürfen.)

Ich hatte Hunger und hätte gerne mit der Zunge eine übriggebliebene Chipslette aus der Pappröhre gefischt, aber dann beschwerte sich Klara wieder, wenn sie Krümel auf Karls Kopf vorfände. «Na, biste müde? Müde?» Man sagt zu Babys alles doppelt, weil ja keine Antwort kommt. «Na, willste mal lächeln? Mal lächeln?» Babys würden aber auch einen Luftballon anlächeln, hatte ich gelesen, einfach alles Ovale. Ich überlegte, mir für zwei Stunden ein Taxi zu nehmen, denn im Auto schlief Karl immer sofort ein. Hätte man nicht einen Taxidienst etablieren können, der nachts friedlich schlummernde Babys durch die Stadt fuhr?

Als Klara mir wieder anvertraut wurde, schob ich ihr Bett auf die Station wie einen IKEA-Einkaufswagen für sperrige Möbelpakete. Auf unserem Zimmer hing ein Bild von Monet, ein Mädchen mit Strohhut und Reifen im blumengeschmückten Vorgarten einer Villa. Die Matratze wirkte durch Karl plötzlich riesig. Auf dem Bauch konnte er das Köpfchen noch nicht heben. Er reagierte bei jedem Geräusch, denn sie waren ja alle neu für ihn: ein Telefonklingeln, die Klospülung nebenan, Flugzeuge im Landeanflug. Draußen auf dem Gang wurde gemurmelt, würden sie zu uns reinkommen, sich vielmals entschuldigen und Karl wieder mitnehmen, weil sie ihn verwechselt hatten? Trotz dieser Sorge schlief ich gut, was Klara später immer erheiterte, wenn sie staunenden Freundinnen davon berichtete, sie hatte natürlich vor Aufregung kein Auge zugetan.

Am nächsten Tag bekamen wir viel Besuch: Verschiedene Ärztinnen mit Namensschildern rauschten heran, eine trug Sandalen und hatte rotlackierte Zehennägel. Eine blinde Frau gab Klara Ratschläge zur Rückbildung. Reinemachefrauen machten mit schwarzrotgoldenem Staubfeudel sauber. Ein Zivildienstleistender brachte das Frühstück. Eine junge Schwester verabreichte die Thrombose-Spritze. Ein Mädchen vom Allergiezentrum des Krankenhauses fragte, ob wir an einer Studie über Unverträglichkeit für Eier teilnehmen wollten? Eine Fotografin erschreckte Karl mit ihrem Blitzlicht und versuchte, ihn mit einem Gerät, das ein Lokomotivengeräusch machte, zu beruhigen.

Ich hatte so viel zu lernen, daß Säuglinge oft niesen, daß ich die Ärmel des weißen Jäckchens überstehen lassen mußte, damit Karl sich nicht mit seinen Fingernägeln kratzte, daß die Brustwarzen abgehärtet werden, wenn man keinen BH trägt, daß das Thermometer zum Fiebermessen mit etwas Creme oder Öl eingefettet wird und daß man nicht zuviel loben soll, weil das «bedingte Liebe» ist. Ich lernte auch, daß alle Menschen Frühgeburten sind. Wir müßten eigentlich 20 Monate im Bauch der Mutter bleiben, aber dann wäre unser Schädel zu groß für das Becken, weswegen wir die Welt hilflos betreten und weshalb es überhaupt nur Paarbeziehungen gibt. In einer Dokumentation hatte ich gesehen, wie ein Fohlen aus seiner Mutter auf den Boden der Steppe plumpste und sich mit aller Kraft (wie ich beim Liegestütz), aufzurichten versuchte, dafür würde Karl ein Jahr brauchen.

Auf dem Gang sah ich mir den Schaukasten mit den verschieden großen Kügelchen an, die das Magenvolumen des

Neugeborenen am ersten, dritten und zehnten Lebenstag (Tischtennisballgröße) demonstrieren sollten. Es war ein würdiger Vertreter der Schaukastenzunft, wie der Schaukasten bei meinem Kinderarzt, der aus Kindernasen gefischte Objekte enthielt (wie kriegte man da eine Reißzwecke rein?), und der Schaukasten in der Kinderbibliothek mit Dingen, die in ausgeliehenen Büchern als Lesezeichen gedient hatten, vom Läusekamm bis zur Wurstpelle.

Mir gefiel es, im Bademantel, wie ein Boxer beim Einmarsch in die Arena, zum Frühstücksbuffet zu schlurfen, wo ich Klara ihr Essen holte (so genau hatte ich bisher noch nicht darauf geachtet, wovon sie sich ernährte), ein bißchen wie ein Hochstapler, da ich als Mann zwischen all den Frauen ein Exot war. Dabei dachte ich: «Heute ist sein erster Tag, ich muß mir jedes Detail merken, sonst wird er nie davon erfahren.»

Man hat ja nur einen ersten Tag im Leben, obwohl das natürlich auch für jeden anderen Tag gilt. Der Respekt vor diesen 24stündigen Lebenskapiteln nimmt mit den Jahren ab, da man schon so viele davon hinter sich hat. Ich sehe manchmal Verkaufsständer für Geburtstagskarten, bei denen bis 50 die einzelnen Jahre zu haben sind, von da an wird nur noch im Fünf-Jahres-Abstand gratuliert, und ab 85 lohnt es sich offenbar gar nicht mehr, für die Überlebenden Karten anzubieten.

Karl weinte nachts jede Stunde. Manchmal beruhigte er sich, wenn ich ihn auf meine Knie legte. Die Ärmchen zogen an meinen Händen, und der offene Mund suchte vergeblich nach der Brust, ohne die ich mir unvollständig vorkam. Ich mußte wegen eines Herpesbläschens an der Lippe zwei Wochen einen Mundschutz tragen und stellte mir vor, ich sei ein berühmter Chirurg, der eine Methode erfunden hatte, durch routinemäßiges Einsetzen einer aus Fliegengittergaze zurechtgeschnittenen Filtermembran im Bereich der Schilddrüse Männer von ihrem Aggressionstrieb zu befreien.

Ich hatte es nicht eilig, das Krankenhaus zu verlassen, ich fühlte mich dort wohl. Der praktische Nachttisch zum Ausklappen, der sich über das Bett schwenken ließ. Der Flachbildschirm, den man an seiner langgliedrigen Halterung mit nicht weniger als fünf Gelenken genau über dem Gesicht positionierte. Die vielen Steckdosen in der Leiste über dem Kopfende. Die runden Plastikdeckel auf den Tellern, die jede Mahlzeit zu einer kleinen Zaubernummer machten. Das in einer Plastiktüte verpackte Besteck. (Das leider nicht durchsichtig und aus Kunststoff war, wie im Flugzeug. War «durchsichtig» nicht überhaupt die beste Farbe? Luftfarbe?) Der breite Fensterabsatz für die ungelesenen Zeitungen. (Wozu sollte ich jetzt noch Zeitung lesen? Was konnte wichtiger sein als Karl?) Die Klettverschlüsse an seinen Windeln (die einen grünen Strich als Füllstandsanzeige hatten). Das Fläschchen mit Anti-Kolik-Sauger. Die Rückkehr der Druckknöpfe in mein Leben. Die Wärmelampe, von der man eine heiße Stirn bekam, mit so etwas war bei meinen Großeltern auf dem Dorf das Bad geheizt worden, und auch in unserer Neubauwohnung hatte es über der Badezimmertür einen Heizstab gegeben, wir benutzten ihn aber nie, weil das Badezimmer genug Wärme von den Nachbarwohnungen abbekam.

Wenn ich traurig bin, versuche ich immer, mir den Geruch des Dorfbadezimmers in Erinnerung zu rufen, das im Sommer angenehm kühl war, es duftete nach Badeofenasche, Feueranzünderwürfeln, Holzscheiten, Kernseife, Kinder-Urin und nach dem blaßroten, rissigen Fußboden. Das Zimmer war voller interessanter Merkwürdigkeiten, z. B. schaukelte der Duschkopf über der Wanne an einem aus Draht gebogenen Haken, der an einer gewöhnlichen Schnur von der Decke hing, man konnte versuchen, die quietschenden Wasserhähne des Waschbeckens, auf denen in altmodischer Schrift «heiß» und «kalt» stand, genau bis zu einem bestimmten Punkt aufzudrehen, an dem die Leitung bis in den Keller dröhnend vibrierte, es gab eine Wandfliese mit einer Seifenmulde, und die Tür wurde mit einem umgebogenen Nagel verschlossen, dessen Klappern für mich immer noch nach Ferien klingt. Jahrelang stand dort alles am selben Fleck, und wenn ich die Dose mit Mückenspray benutzte, stellte ich sie genau wieder auf dem Rostkreis ab, den ihr Boden auf dem Wachstuchüberzug des selbstgezimmerten Holzregals hinterlassen hatte. «Volle Pulle», sagte mein Großvater, wenn im Winter das Bad eiskalt war, ich sollte den Heizstab auf «3» stellen. Und ich sagte jetzt auch «Volle Pulle», wenn ich Karl im Wickelraum eine neue Windel anzog und dafür dreimal an der Schnur der Wärmelampe zog.

Von mir aus hätten wir im Krankenhaus überwintern können, aber wir fuhren nach ein paar Tagen in einem Taxi nach Hause. Der türkische Fahrer, der seine Armatur mit zahlreichen Weihnachtsmännern dekoriert hatte, zeigte uns, wie man die Babyschale festschnallte, und schien sich für uns zu freuen, weil wir einen Sohn bekommen hatten, er selbst hatte nach vier Töchtern aufgegeben. Als wir an Burger King vorbeifuhren, bemerkte ich zum erstenmal, daß das Logo einen Burger darstellt.

In der Wohnung erwartete uns eine mehrstöckige Windeltorte, die Klaras Sekretärin ihr gebastelt hatte. Ein Großteil der Menschheit führt ein Leben, das für mich von unbegreiflicher Exotik ist. Aus dem Bett sah uns das dinkelspelzgefüllte Stillkissen an, dem ich, um auch etwas zur Geburt beizutragen, aus Wollfäden Haare und aus Knöpfen Augen genäht hatte, ein freundlicher Wachwurm.

Klara durfte in den ersten Tagen nicht aufstehen, ich brachte ihr Kekse (immer drei oder fünf, nie vier, weil das ihre Unglückszahl war, da sie in ihrer Familie zu fünft waren und keiner fehlen sollte, sie hat natürlich auch keine Mehrfachsteckdose mit vier Steckplätzen), Stilltee, Pfefferminztee in der Thermoskanne, den Löffel abgekochtes Wasser mit der täglichen Vitamin-D-Tablette (der Tip von der «Hebi», sie in «Mumi» aufzulösen, kam mir kannibalisch vor). Ich wäre auch frische Kamille pflücken gegangen, wenn Klara mich darum gebeten hätte.

Ich brachte ihr das Mittagessen (vorgekochte und eingefrorene Suppen, ein Hinweis aus dem geburtsvorbereitenden Kurs) und massierte ihr den Rücken. Ich reichte ihr das Handy und das Festnetztelefon. Ich lud das Handy und das

Festnetztelefon auf und wickelte Karl (manchmal wunderte ich mich, weil ich unweit von mir Regentropfen auf eine Markise niederprasseln hörte, bis ich sah, daß Karl die Ursache war).

Am liebsten ging ich einkaufen, Wickelunterlagen, Zinksalbe, Feuchttücher, Stilleinlagen, Watte (das letzte Mal hatte ich Watte benutzt, um mir damit zum Schulfasching einen Zwergenbart zu basteln). Eine ganze Sektion der Einkaufswelt war jetzt auch für mich von Bedeutung. Es blieb nur noch der Gang mit Tiernahrung, den ich höchstens als Abkürzung nahm, um einen Kunden mit einem besonders vollen Korb zu überholen und mich vor ihm anzustellen.

Die vielen neuen Verschlußsysteme. Der Zipfel des Feuchttuchs, an dem man zog, danach ragte schon der Zipfel des nächsten aus dem Schlitz, wie bei einem Zauberer, der bunte Tücher aus einem Zylinder und aus seinen Hosentaschen zog, was mich allerdings nie sehr beeindruckt hatte. So einen Tuchspender hätten sie doch auch im Sozialismus erfinden können? Oder kam man auf solche Ideen nur unter dem unbarmherzigen Konkurrenzdruck des Kapitalismus?

Einmal sahen wir einen Film, und Klara hielt dem auf ihrem Bauch schlafenden Karl mit einer Decke die Öhrchen zu. Wie aufmerksam von ihr! Wie phantasievoll sie in ihrer Fürsorge war! (Und wie gewissenhaft sie das Hodenprotokoll führte.) Vor dem Schlafen zeterte er, immer wieder verzog er das Mündchen und schrie. Manchmal streckte er sich und schrie sofort danach noch lauter, wie hilflos er dabei mit den Armen boxte! Ich hatte Angst, ihn mit meinem Herpes angesteckt zu haben, obwohl ich immer den Mundschutz trug. (Vergaß ich es einmal, erntete ich einen strengen Blick von Klara.)

Nach einer Nacht, in der ich stundenlang mit Karl im Arm durchs Zimmer spaziert war, das aufgeschlagene Liederbuch auf der Kommode, um mich einmal mit den zweiten Strophen unserer Volkslieder vertraut zu machen, wachte ich von einem leisen Fiepen auf und sah, als ich die Augen öffnete, wie Klara sich über den schlafenden Karl beugte und ihm mit größter Vorsicht die Nägel schnitt, mit denen er sich sonst Kratzer im Gesicht zufügte, wobei die Schere wie ein winziges Vögelchen klang, das es nicht geschafft hatte, fliegen zu lernen, und in seinem Nest nach der Mutter rief. Ihre eigenen Nägel feilte sie beim Fernsehen, und ich dachte dann daran, wie unangenehm sich das anfühlte (noch unangenehmer war es, einen Nagelhautschieber zu benutzen. Oder mit Brot im Mund Kaugummi zu kauen. Oder auf den Griff einer vibrierenden Stimmgabel zu beißen. Oder die deutsche Synchronstimme von Peter O'Toole.)

Da wir Kinder mit rechts nicht die linke Hand schneiden konnten, war Nagelschneiden eine Aufgabe meines Vaters gewesen, und ich freute mich darauf, obwohl meine Fingerkuppen mit frisch geschnittenen Nägeln jede Berührung scheuten, aber dafür durfte man nach dem Baden, wenn die Nägel noch weich waren, am Wohnzimmersessel stehen und, während mein Vater seine Arbeit tat, einen Blick auf den Fernseher werfen (die Nagelsplitter verwendete er als

Dünger für seine Kakteen). Ich spürte ganz neue, noch unerkundete Gefühle für Klara aus meiner Brust in meinen Bauch rieseln und fragte mich, warum solche Szenen nicht von jedem Maler, der etwas auf sich hielt, wenigstens einmal im Leben gestaltet wurden.

6. KAPITEL

Wir waren heute erst so spät losgekommen, weil ich lange durch die Wohnung irren mußte, um an allen Stellen, die dafür in Frage kamen, Karls Nuckel zu suchen. In der Kiste mit den leeren Flaschen, im Mülleimer, in der Gitarre, in der Ritze zwischen Kühlschrank und Wand, in der Kloschüssel, in der Duplostein-Tonne, in unseren Schuhen (eine Nachwirkung des letzten Nikolaustags), ich fand ihn schließlich im Eisfach zwischen einer Packung Rahmspinat und Klaras Gelmaske.

Manchmal greift er im Schlaf nach seinem Nuckel, wenn er ihm aus dem Mund gefallen ist, und verstöpselt sich wieder, wobei er den Nuckel sogar noch in die richtige Position dreht, und es reizt mich, sachte am Ring zu ziehen und auszuprobieren, ob ich ihm seinen Mundpfropfen entwenden kann, ohne ihn zu wecken.

Die Flügelchen erinnern mich immer an einen Schwertgriff, sie haben auf jeder Seite drei Löcher, damit die Gesichtshaut atmen kann, denn selbst an den Nuckeln wird weitergeforscht und ihre Form differenziert sich nach Spezialaufgaben. Wir haben bisher alle seine Nuckel aufgehoben, nachdem sich Klara lange gesträubt hatte, ihm überhaupt einen zu geben, es kam ihr gewaltsam vor, ihn an so eine seelenlose und betrügerische Apparatur anzuschließen. Klara fand es auch eigenartig, daß die angebotenen Nuckel nach Lebensmonaten größer wurden, während die Brust für das Baby im Verhältnis zu seinem eigenen Wachstum ja ständig schrumpfte.

Vielleicht war der Schwertgriff nicht der beste Vergleich, eigentlich sah es durch die Nuckelflügelchen eher aus, als sei ein Schmetterling auf Karls Mund gelandet, und ich wünschte mir eine Fernsehdokumentation über eine Nuckelschmetterlingspopulation im Amazonasgebiet, die vor Urzeiten von einem nur noch aus wenigen Indios bestehenden Stamm domestiziert worden ist. Eine Wolke von Schmetterlingen schwebt über den Köpfen der Indiobabys, und wenn eines schreit, setzt sich ein Schmetterling auf seine Lippen und schiebt ihm seinen Unterleib in den Mund, der ein beruhigendes Sekret ausschwitzt.

Bei der Nuckelsuche in Klaras Schuhen durchfuhr mich ein Gefühl von Zärtlichkeit, weil die Schuhe so verlassen wirkten, auf ihrer Oberfläche zeichneten sich Beulen ab, Gußformen ihrer Zehen, die es darin zu eng hatten. (Karl zieht gerne meine Schuhe an, sie wirken an ihm wie Rettungsboote. Für mich waren das charakteristische Kleidungsstück meines Vaters auch seine ausgetretenen Lederpantoffeln, und manchmal war man ihm näher, wenn man sie anhatte, als wenn er von der Arbeit heimkam und sie zurückverlangte.)

Angeregt von diesem beziehungsfestigenden Glückspartikel, dachte ich daran, daß Klara als Kind in den Ferien einen Stock als Pferd benutzt und ihn jede Nacht an einen Baum gebunden hatte, ein Bild, das mich zuverlässig mit Dankbarkeit über unser gemeinsames Leben erfüllt. (Und dabei gab es ja noch den Brief, den sie als Jugendliche «An den Wächter vom Straßburger Münster» geschrieben hat, weil sie und ihre Freundinnen sich bei einer Führung in ihn verliebt hatten.) Besonders nahe geht mir der Anblick ihrer Wäsche auf dem Wäscheständer, jedes ihrer aufreizend zahlreichen Söckchen hängt so hilflos und mit einem luftabschnürenden Knick im Bauch über dem Abgrund und muß schreckliche Angst ausstehen runterzufallen.

Als wir heute aus der Tür getreten waren, hatte die Sonne geschienen, und Karl hatte gesagt: «Manchmal hell, manchmal dunkel!», eine seiner zenmeisterwürdigen Aussagen («Kannst du mal eine Stadt bauen, wo die Autos drin wohnen?»), die man aber, wenn man sie von fremden Kindern berichtet bekäme, weit weniger bemerkenswert fände. Nachts hatte es geregnet, Karl wollte in eine Pfütze stapfen, und ich mußte es ihm verbieten, weil er keine Gummistiefel anhatte, aber auch, weil ich bei jeder Pfütze fürchte, sie könnte tiefer sein als gedacht, so daß er einsinkt und ich ihn dann im Wasser nicht mehr finde.

Seit wir mit Karl leben, überraschen mich meine Angstphantasien. Manche Eltern stecken ihre Kinder in Winteranzüge mit Plüschöhrchen an den Kapuzen, das würde für uns nicht in Frage kommen, weil ein Raubvogel ihn für ein Jungtier halten, vom Himmel herabstürzen und ihn entführen könnte. Ich schaue jede Nacht, wenn ich aufwache, zu ihm und beobachte, ob sich seine Brust hebt und senkt. (Im Zweifel muß man mit dem Augapfel prüfen, ob man einen Luftzug spürt.) Ich bin froh, daß er Locken hat wie ich, denn das hat mich schon als Kind getröstet, seit ich in einem Astrid-Lindgren-Buch über ein Waisenkind gelesen habe, das darunter litt, von den Erwachsenen, die sich im Heim

Kinder zur Adoption aussuchten, wegen seiner glatten Haare immer verschmäht worden zu sein. Nur die Kinder mit Locken fanden ein neues Zuhause.

Ich zeigte Karl eine kleinere Pfütze, die mir ungefährlich schien (machte aber vorher die Probe), und jetzt ging er immer wieder mit großen Schritten durch das Wasser. Auf einer Autoheckscheibe hatte jemand «Love» in die Reste der Schneedecke geschrieben. An wievielen Fahrrädern gehe ich täglich vorbei, ohne mir die Klingel anzuhören? Aus der Hintertür einer Schule drang Turnhallengeschrei, ich kam mir ein bißchen ausgeschlossen vor und tröstete mich damit zu raten, welches Spiel die Kinder dort spielten. War ein Ball zu hören? Deutete das Geräusch auf zwei Mannschaften hin, oder waren es Anfeuerungsrufe der Zuschauer?

Ich gab Karl seine Flasche mit eisenhaltigem Traubensaft, den er trinken sollte, weil Klara sein blasser Teint beunruhigte. Er zeigte aufgeregt in die Ferne, lange vor mir hatte er ein orangefarbiges «Sauberauto» entdeckt, ein Straßenreinigungsauto, das sich uns auf dem Bürgersteig näherte, mit drei kreiselnden Bürsten wie bei meiner elektrischen Zahnbürste, aber schöner geformt, nämlich als umgedrehte Makrone. (Zum erstenmal bemerkte ich, daß der vorderen Makrone eine Wasserdüse vorstand, durch die der Boden befeuchtet wurde. Ein Mann mit wilder Ausstrahlung steuerte das für ihn zu kleine Gefährt, das ihn sicher unterforderte, was wäre er in früheren Zeiten gewesen? Hätte er mit einer Hellebarde in der Hand die Tür des königlichen Palasts bewacht?)

Wäre ich von der Regierung mit der segensreichen Mechanisierung des lästigen Zähneputzens beauftragt worden, ich wäre nie auf die Idee gekommen, die lineare Schrubbewegung für die Kreiselbewegung aufzugeben. So naheliegend und unerreichbar kann die entscheidende Idee für eine Erfindung sein. William Colt kam auf einer Dampferfahrt beim Anblick des Steuerruders auf den Gedanken, Patronen in einem drehbaren Magazin unterzubringen, er hatte seit langem nach einer Lösung gesucht, und sie war so gut versteckt gewesen, weil er sie direkt vor Augen hatte, wie eine Packung Milch, die man im Kühlschrank sucht. Wenn das Steuerruder zu der Zeit noch nicht bekannt gewesen wäre, hätte er den nach ihm benannten Colt allerdings nicht erfinden können (und viele Menschen hätten länger gelebt).

Zuviele Neuerungen haben sich im Krieg durchgesetzt, wie die Einwegrasierklinge, weil die Soldaten wegen der Gasmasken glatte Haut brauchten. Dafür ist die Schreibmaschine von Remington nach dem Ende des amerikanischen Bürgerkriegs entwickelt worden, als man nicht mehr so viele Gewehre loswurde. Ob das stimmt? Ich hoffe, es gibt ein paar Erfinder, die so klug sind, ihre Einfälle für sich zu behalten, was einmal da ist, wird man schwer wieder los.

Die elektrische Straßenbürste fuhr nah an uns vorbei, wir blickten ihr nach, und ich beneidete den Fahrer um seine bequeme Tätigkeit, die Kinder so faszinierte. Sie interessierten sich auch für andere schlecht bezahlte Berufe wie S-Bahnfahrer, Müllmann, Straßenpflasterer und Schornsteinfeger.

Das anschwellende Geräusch des herannahenden Fahrzeugs hatte mich an das unheilvolle Heulen unseres Staubsaugers am Sonntagmorgen erinnert, durch das man die Wortwechsel meiner Eltern nicht verstand, obwohl sie mit erhobener Stimme sprachen, wahrscheinlich darüber, warum ihre Kinder noch schliefen und nicht freiwillig beim Saubermachen mitmachten, wie wir das ertrugen, sie für uns arbeiten zu lassen, und daß wir schon sehen würden, wenn unsere eigenen Kinder uns später auch nicht helfen würden. Ein Wochenendmorgengeräusch, von dem ich oft aufwachte.

Man konnte die Tür des Kinderzimmers heimlich schließen, wenn die Mutter draußen im Flur saugte und sich bedrohlich näherte, aber sie stieß mit dem Staubsaugerkopf dagegen, ein vorwurfsvolles Pochen, gleich würde sie hereinplatzen und einen auffordern, das Zimmer zu saugen oder noch etwas Schlimmeres zu tun, die frischgewaschenen Gardinen auf die Gardinenstange zu fädeln oder den Saum der umgekrempelten Bettwäsche auszubürsten. (Mußte ich das wirklich tun, wenn ich erwachsen war? Gab es denn keinen Ausweg?)

Dann begann dieses langweilige Schnüffeln mit dem Staubsaugerkopf, das Abtasten jedes Quadratzentimeters in der Hoffnung auf das beglückende, streuselige Knistern, wenn man irgendwo Krümel gefunden hatte, die rasant die Kurven des Achterbahnrohrs nahmen, besonders erfolgreich hörte es sich an, wenn man die Nadeln des Weihnachtsbaums einsaugte, manchmal schüttelte ich ihn extra, um den Saugkopf zu füttern, bis nur noch ein kahles Skelett übrig war. (Meine Mutter durchsuchte immer den Staubbeutel, wenn sie beim Saugen ein auffälliges Geräusch gehört hatte, das von einem Spielzeugzubehör stammen konnte. Neuerdings hat das Loch meiner Beutel übrigens einen klappbaren Verschluß und atmet beim Wechseln auf dem Weg zum Mülleimer nicht mehr Stöße von Staub aus, eine der freiwillig vorgenommenen Verbesserungen, die mich an unserer Warenwelt begeistern, wie die kleinen Laschen, mit denen man irgendwann die Folie zum Versiegeln der Kaffeeweißergläser aufziehen konnte, wodurch man nicht mehr gezwungen war, mit den dafür zu stumpfen Fingern eine Öffnung reinzustoßen, wie das Bändchen, mit dem man Batterien bequem aus der Mulde im Geräteboden bekommt, und wie die Tragegriffe, die beim Klopapier *bereits in die Verpakkung eingearbeitet sind.*)

Meistens hörte man aber nichts, man strich nur über den Boden, malte Fußballfeldstreifen auf den Teppich und mußte zahllosen Stuhlbeinen und Kanten ausweichen, sich in Ekken zwängen, für die der Saugkopf gerade ein bißchen zu groß war, und unter das Bett tauchen, wobei das Rohr im Scharnier einknickte, wie ein Limbotänzer unter einer Bambusstange. Teppichränder mußte man hochheben, weil sich darunter Dreck sammelte, für das Linoleum konnte man mit einer Taste am Saugkopf Borsten ausfahren, die dann auch wieder zu reinigen waren.

Eine andere Taste diente dazu, das Stromkabel zu schlucken, wie eine lange Nudel, es durfte dabei aber nicht verklemmen, weil der Schluckvorgang sonst stockte und die letzten Zentimeter Kabel übrigblieben. Beim nächsten Saugen mußte man das Kabel mit langen Armen aus dem Gerät ziehen, als hole man einen Anker ein. Frühere Staubsauger waren noch keine Kabelschlucker gewesen, man wickelte das Kabel auf zwei Haken, wie in alten Kinderbüchern Großmütter mit Dutt Wolle auf die Arme ihres zum Stillhalten verurteilten Manns wickeln, aber bei uns wurde das Problem ganz modern mit einem Knopfdruck aus der Welt geschafft. Fortschritt, das waren Knöpfe, am liebsten hätte ich in der Schaltzentrale eines Atomkraftwerks gearbeitet, an einem meterlangen Pult voller buntleuchtender Knöpfe und kleiner Kontrollbildschirme. Es gab sicher auch einen Reinigungsknopf für die Anlage.

Ich wollte in eine eigene Wohnung ziehen, wo ich nie mehr saugen würde. Nie würde ich Matrose werden, weil man auf See täglich auf Knien das Deck schrubbte. Oder Gärtner, die Geräte nach der Arbeit von Dreckklumpen reinigen? Eher schon Chirurg, die ließen sich nach der Operation von einem Assistenten die blutigen Handschuhe abziehen, die anschließend direkt im Müll landeten. Oder diese Männer, die in einer Computerchipfabrik arbeiteten und von Kopf bis Fuß in einem weißen Schutzanzug steckten, weil schon ein einziges Staubkorn großen Schaden anrichten konnte.

Bei uns in der Wohnung sah man Millionen Staubkörner im Sonnenlicht tanzen, meine Lunge saugte sie ständig ein. Die Menschheit würde aber nie zahlreich genug sein, um allen Staub der Atmosphäre durch ihre Lungen zu filtern.

Wenn ich auszog, würde der Dreck bei meinen Eltern bleiben, ich würde ihn einfach nicht mitnehmen. Eher würde ich meine Möbel neu lackieren, als jemals Staub darauf zu wischen. Dreck störte nur Erwachsene, für mich war er unsichtbar. Ich wußte nicht, warum man sich die Schuhe abputzen mußte, bevor man einen Raum betrat, warum man sich vor dem Essen die Hände wusch oder warum man aufräumte, bevor Besuch kam, das war doch verlogen.

Ich würde auch nicht mehr abwaschen, sondern Pappteller benutzen oder aus der Konserve essen und hinterher den Löffel sauber ablecken. (Und heute stand ich gar nicht ungern nach dem Mittagessen an der Spüle, ich genoß es, meine Hände ins warme Wasser zu tauchen, und schwenkte das Abwaschwasser im Topf, um das Spülmittel von der Seitenfläche zu waschen, als würde ich Gold schürfen.)

Als das Reinigungsauto verschwunden war, sagte Karl: «Jetzt ist meine Ruhe.» Zwei Joggerinnen machten an der roten Ampel Hüpfbewegungen, sie joggten sozusagen vertikal statt horizontal, wobei sie wegen der Erdanziehung nicht weit kamen.

Mit Klara hatte ich mich immer gefragt, ob es unromantisch sei, wenn man seine Liebkosung unterbrach, nur, weil die Ampel umschaltete und man weitergehen konnte. Ich wunderte mich wieder, wie klaglos wir als Fußgänger akzeptierten, daß unsere Wege ständig von Straßen unterbrochen wurden, auf denen die Autos Vorrechte genossen, so daß wir uns in Parasiten des Straßenverkehrs verwandelten. Irgendjemand hatte festgelegt, wie lange wir jetzt an der Ampel warten mußten, eine Frist, die man nie so genau abschätzen konnte, daß man ohne Fehlstart oder ohne die lästige Verzögerung der persönlichen Reaktionszeit die Straße betrat. Wobei ich Karl immer damit zu beeindrucken versuchte, daß ich «auf Grün» schalten konnte, indem ich den Fuß auf die Fahrbahn setzte, was mir allerdings nur gelang, weil ich heimlich zum Gelbzeichen für die Autofahrer schielte, das er noch nicht kannte.

Bei Kaufhausdrehtüren frage ich mich auch immer, wer das Tempo festgelegt hat, das mir viel zu langsam erscheint. Auf Reisen im Ausland irritiert es einen, wenn das Rolltreppentempo dort höher oder niedriger ist, man muß sich erst anpassen, unser Leben wird viel stärker von DIN-Normen bestimmt als von Verboten, gegen die wir stattdessen aufbegehren.

Es gibt in manchen Ländern auch Ampeln, die die Wartezeit anzeigen und rückwärts zählen. Ich finde unsere introvertierten Ampeln aber besser, man hat nie die Garantie, daß die Ampel überhaupt auf Grün umschalten wird, es könnte auch gar nicht mehr dazu kommen, dann würden die Wartenden die bereits investierte Wartezeit gegen ihre schwindende Hoffnung abwägen und einer nach dem anderen den Rückweg antreten. (Manchmal denke ich: Warum wartet man überhaupt an der Ampel? Man könnte die Wartezeit ja auch in angenehmerer Umgebung hinter sich bringen, wenn man dann genau bei Grün an der Ampel eintreffen würde.)

Ein Fahrradfahrer fuhr bei Rot rüber, einer jener Rebellen, deren Reifen, seit ich das beobachte, erst dicker, dann wieder sehr dünn und dann noch dicker als vorher geworden sind. Ich betrachtete die bei nächtlichen Unfällen abgebrochenen Fahrzeugfragmente, Stoßstangensplitter, Scheinwerferscherben, Katzenaugen, manchmal sah man auch eine Radkappe. (Pferdeäpfel sieht man ja heute nur noch selten, mein Vater sammelte sie immer in einer Tüte ein, für die Balkonblumen.) Bei Flugzeugabstürzen werden die Wrackteile gewissenhafter geborgen und zusammengepuzzelt als bei Autounfällen. Die Blinker der wartenden Autos in der Abbiegespur leuchteten manchmal durch Zufall genau im richtigen Rhythmus einer nach dem anderen auf, so daß es wie eine LED-Säule an der Stereoanlage aussah.

Karl stand neben mir, und ich hielt ihn mit einer Hand heimlich an der Kapuze fest, wogegen er sofort protestiert hätte. Leider sind Hundeleinen für kleine Kinder unüblich, damit würde ich mich wohler fühlen.

Die Tage nach der Schneeschmelze sind für mich immer etwas Besonderes, da das Knirschen der Streusandkiesel, wenn die Räder des Kinderwagens darüberrollen, so tröstlich klingt. (Und dann beim Anstehen an einer Imbißbude die Augen schließen und die Wärme eines Dönerspießes auf Stirn und Wangen genießen.) Mit einem Kinderwagen fühle ich mich als besserer Mensch (anders als mit einem Einkaufswagen, der mir keine Aura verleiht, sondern mich eines Teils meiner Persönlichkeit beraubt).

Ich blieb an der nächsten Ecke stehen und überlegte, für welche Richtung ich mich entscheiden sollte, welcher Spielplatz Karl am meisten reizen würde, als er auf eine kleine Frau zeigte, die bemüht war, auf dem holprigen Pflaster nicht zu stolpern.

Es war meine Mutter, die von der Apotheke kam und auf dem Weg zum Arzt war. Wir konnten also eine gewisse Strecke gemeinsam gehen. Da wir lange in verschiedenen Städten gelebt haben, ist es für mich ungewohnt und irritierend, meinen Eltern zufällig auf der Straße zu begegnen, woraufhin jeder in seine Richtung weitergeht, das ist jedesmal erschütternd.

Sie fragte mich, ob sie mir auch einen Termin bei ihrer Ärztin besorgen sollte, aber ich habe schon genügend Ärzte, zu denen ich einmal im Jahr gehe, um im Wartezimmer durch die Deckenlautsprecher ihre Radiomusik zu hören und mir an den Wänden die verschiedenen Kunstausstellungen anzusehen, Fotoserien mit Aufnahmen aus Indien (wohin es den Arzt im Urlaub zieht) oder Blumenbilder von dankbaren Patienten oder etwas von Gustav Klimt. (In einem Hotel hingen einmal zwei identische Reproduktionen vom «Kuß» nebeneinander über meinem Bett. Wenn eines der Bilder echt gewesen wäre, hätte ich mir noch vorstellen können, daß auf diese Art Diebe verwirrt werden sollten.) Ich glaubte nicht an Medizin, eine Apothekerin hat mir einmal unter der Hand verraten, daß gegen fast alle Krankheiten dieselbe Therapie hilft: viel trinken und Bettruhe.

Meine Mutter wollte mir Ingwertropfen kaufen und riet mir, wie jedes Jahr, zu einer Grippeimpfung. Ich erzählte ihr von meiner Angst um Karl, und sie erinnerte sich daran, daß ihr Vater bei Bombenangriffen mit ihr auf den Friedhof ihrer Kleinstadt gegangen ist, dann wären sie «wenigstens schon da», während es ihre Mutter, wenn meine Mutter sich bei Fliegeralarm weigerte, in den Luftschutzkeller mitzukommen, tröstete, daß sie, wenn sie sich unter dem Tisch versteckte, im Fall, daß das Dach einstürzen und auf den Tisch fallen sollte, wenigstens gleich tot wäre.

Wie man Vater sein kann, wenn man einmal im Leben Sohn gewesen ist, werde ich nie begreifen.

Die Praxis ihrer Ärztin war nicht weit, an der Tür war der Abschied nicht länger hinauszuzögern. Sie verschwand im Hausflur, und ich blieb mit Karl zurück. Seit ich zu Hause ausgezogen bin, war immer ich derjenige gewesen, der gegangen war, während die Eltern in ihrer Wohnung blieben. In meiner Wohnung hatten sie mich nur einmal besucht und sich dabei so unbeholfen aufgeführt, geradezu entwurzelt (und nur dadurch beruhigen können, daß sie sich gegenseitig auf Gegenstände und Möbelstücke, die von ihnen stammten, hinwiesen), daß ich sie dieser Belastung nicht durch weitere Einladungen aussetzen wollte.

Ich stellte die leere Traubensaftflasche neben die Tür, meine Mutter würde sie mitnehmen, denn seit einer Weile leuchtete sie auf Spaziergängen mit einer Taschenlampe in Papierkörbe und suchte nach Pfandflaschen, es quälte sie, daß sie ihren Kindern nichts vererben konnte.

7. KAPITEL

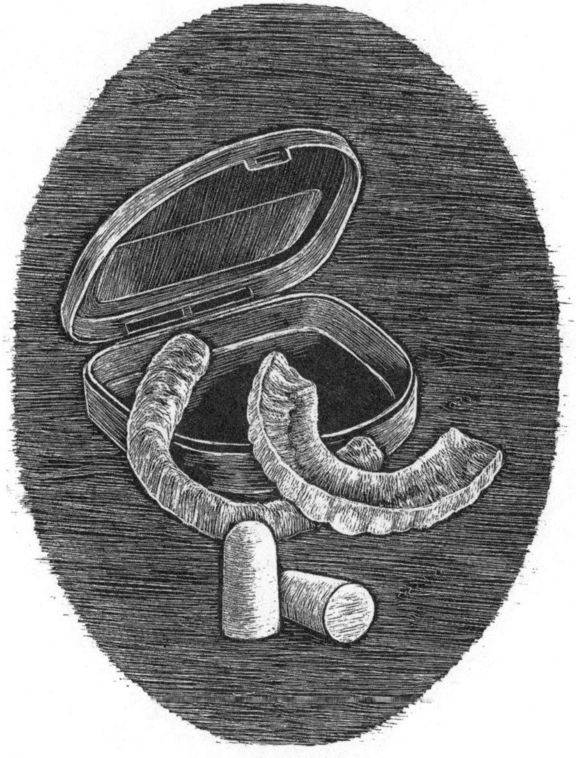

Mein Vater kaute bei Symptomen einer Erkältung abends eine ganze Knoblauchknolle und trank eine Flasche Wodka mit eingelegten Kaffeebohnen, um am nächsten Tag gutgelaunt zur Arbeit zu gehen. Einmal hat er sich sogar selbst einen Zahn eingesetzt und mit einer Schraube fixiert, natürlich nicht, ohne vorher einem befreundeten Zahnarzt über die Schulter geschaut zu haben.

Meine Mutter hat sich von jeder Malaise mit einer Überdosis Vitamin-C-Tabletten kurieren können, die sie immer mit sich führte. Wenn man täglich Motoröl inhaliere, töte das alle Keime, und der Rest werde mit Auspuffabgasen ausgeräuchert. Leider wurde mir im Auto immer schlecht, gerade vom Geruch des frisch geschmierten Unterbodens, es war, als würde man sich vor den ausgeklügelten Kreationen eines befreundeten Kochs ekeln, ich konnte aber nichts dafür, ich atmete ja schon durch den Mund. Ich habe als Baby geweint, wenn wir uns unserem Auto näherten, wie enttäuschend muß das für meine Mutter gewesen sein.

Ich weiß nicht, warum ich mich so oft krank fühle, ich bin überzeugt davon, daß mein Körper nur eine ganz alltägliche Substanz bräuchte, um wieder die Harmonie aus Kindheitstagen herzustellen, etwas, worauf man aber nicht kommt, weil es keine offizielle Medizin ist, wie der Sud vom Weiberohr, den Saxana, das Mädchen auf dem Besenstiel, trinken muß, um ein Mensch zu werden, wobei sie erst im letzten Moment herausfindet, daß es sich um Salbeitee handelt.

Wenn ich krank war, kochte mir mein Vater eine stärkende Hühnerbrühe und las mir aus «Kalle Blomquist» vor, dessen bester Freund irritierenderweise «Anders» hieß. Ich bekam das ostpreußische Katzenfell um die Nieren gebunden und wurde in die von meinem Vater gewebte Decke mit dem Mäandermuster gewickelt. Abends trug er mich auf dem Rücken durchs Viertel, zu unserem Lieblingsschaufenster mit den vielen Bohrmaschinen, Winkelschleifern und Taschenmessern (die ich stundenlang betrachtete, ohne mich je für eins entscheiden zu können, man wußte einfach nicht, was die Zukunft brachte und welche Messerkombination dafür die richtige war).

Beim Einschlafen wanderte ich in Gedanken durch meine Organe und stellte mir den Kampf der standhaften Antikörper gegen Armeen von Bakterien vor. Ich hätte meinen Körper gerne einmal mit einem Expeditionsteam erforscht, wie in «Die Phantastische Reise», einem Film, der die Reize von Weltraum- und Tauchereinsamkeit vereinte. Nur, daß ich eben meinen *eigenen* Körper bereisen wollte, und das ginge nur, wenn ich durch eine noch genauer zu überdenkende Methode der Zellteilung oder Parallelgenese eine winzige Kopie meiner selbst herstellte, die sich dann aus bereitgelegten Materialien und nach meiner vorsorglich verfaßten Anleitung ein Amphibienfahrzeug für die Erkundung meines Körpers baute.

Der Mensch hat die Erde vollständig bereist, überall trifft man auf die Fußspuren eines anderen, aber den abenteuerlichen Kontinent des eigenen Körpers hat noch niemand erkundet. Wie ich den Zahnarzt um seinen runden

Spiegel mit dem Knick im Griff beneidete! Wenn ich vor unserem Flurspiegel den Mund aufriß und an meiner Zunge zerrte, konnte ich kaum bis hinter das Zäpfchen sehen. In einem winzigen U-Boot durch seine Blutbahnen zu tauchen, reißende Ströme mit Wasserfällen und Katarakten, die sich in unendlich viele Nebenflüsse verästelten, dunkle Höhlen mit pulsierenden, feuchten Wänden, gefährliche Sümpfe und brodelnde Säureseen (einmal mit Karacho die Eustachische Röhre herunterrutschen!) Und vielleicht fand ich ja auch die geheimnisvolle, versiegelte Kammer, in der ein Orkan tobte und von der es hieß, daß sich hier die Seele verbarg. (Um wieder ins Freie zu gelangen, konnte ich eine Träne nutzen, ich mußte nur an etwas Trauriges denken, eine Mutter, die ihrem Sohn das zu Hause vergessene Schulbrot bringt, worauf er sich beschämt wegdreht, weil sie es ihm vor den Augen der Mitschüler über den Schulhofzaun reichen will.)

Wenn man, so, wie ein Indianer das Ohr an eine Schiene legt, am Bauch der Freundin lauscht, um zu erfahren, ob Gefahr droht, bekommt man eine Ahnung von den peinlichen Umwälzungen, die in unserem Inneren ständig vor sich gehen, ein waberndes Magma, ein genüßliches Schmatzen und Gurgeln, Knurrlaute wie von einem Raubtier, verstört wendet man sich wieder ihrem Gesicht zu, in dem höchstens mal die Zähne knirschen. (Klara benutzt ihre Beißschiene nicht mehr, weil sie mir unterstellt, mich davor zu ekeln, dabei habe ich sie mir heimlich schon selbst eingesetzt, um zu spüren, wie sich die Krümmung unserer Zahnreihenbögen voneinander unterscheidet, ähnlich irritierend, wie wenn man mit den Schneidezähnen die Borte eines runden Butterkekses abknabbert.)

Manchmal haben wir Ohrstöpsel in den Gehörgängen, eine Schlafbrille über den Augen und einen Schal um den Hals – ich stülpe mir auch noch ein Hemd verkehrt herum über den Kopf, weil ich nicht weiß, wo es Nachtmützen zu kaufen gibt, etwa im Müllerbedarf? –, es fehlen nur noch Schnarchzapfen oder so eine Skaphandermaske mit Schläuchen, die das müde Gaumensegel überlistet, wir würden wie zwei für die Erforschung unserer Träume ausgerüstete Schlafexperten aussehen.

Es gibt so viele weiße Flecken auf der Landkarte unseres Körpers. Die Kniekehlen. Der Bereich hinter den Ohren. Die Rückseite der hinteren Backenzähne, die sich, mit der Zunge betastet, wie ein zerklüftetes Felsmassiv anfühlt, als sei die Zunge eine mechanische Lupe.

Ich stelle mir immer vor, wie der Staub, der aus der Luft in meine Lunge gelangt, von kleinen Härchen heraustransportiert wird, als lägen dort tausende Ameisen auf dem Rükken und als wanderte auf dem Förderband ihrer strampelnden Beine ein Strom von Miniatur-Findlingen in Richtung Rachen, wo sie im Schleim gebunden und ausgehustet werden. Nur einzelne Asbestnadeln bleiben in der Lunge hängen, die noch aus meiner Jugend stammen, als die Umweltbestimmungen noch nicht so streng gewesen sind.

Es kommt vor, daß ein renitentes Staubkorn bei jedem Atemzug durch die Bronchien geweht wird und mal hier, mal dort kitzelt, so daß ich nicht einschlafen kann. Weil sie keine Sonne abbekommt, ist die Lunge feucht wie ein Schwamm, der hinter die Wanne gerutscht ist, vor allem die äußeren Bereiche werden nie richtig trocken. Mit der Zeit fault das Gewebe, und man atmet im Alter nur noch mit der Luftröhre, die man sich wie einen nach innen gewachsenen Schnorchel vorstellen muß.

Im Rachen flattern bei mir Hautfetzen in der Atemluft, die Reste der Mandeln, die mir als Kind entnommen worden sind, aber sicher nicht sorgfältig, weil die Ärzte sich für Kinder damals nicht viel Zeit nahmen und schnell und routinemäßig vorgingen, wie beim Ziehen von Milchzähnen. Die übriggebliebenen Mandelhautfetzen entzünden sich ständig, weil sie wie Abwaschlappen ein idealer Lebensraum für Bakterien sind. Deshalb bin ich eigentlich immer latent erkältet, die Bakterien ziehen sich im Sommer nur zurück in ihr Korallenriff, und sobald es draußen dunkelt und kälter wird, breiten sich die lichtscheuen Mikroben wieder aus.

Dazu kommen die Virenstämme, deren Lebensraum meine Nervenbahnen sind, auf denen sie wandern und nach Belieben Quartier aufschlagen. In Zeiten größerer Anspannung vermehren sie sich, weil dann besonders viele Stromstöße durch die Synapsen schießen, von denen sie ihre Energie beziehen. Manchmal nimmt ihre Zahl so zu, daß der Gesichtsnerv anschwillt und sich im Kanal, durch den er hinter dem Ohr den Schädelknochen durchdringt, selbst abklemmt, so daß man eine Gesichtslähmung bekommt (meiner Urgroßmutter wurde der Nerv auf der Flucht durchgeschnitten, um sie zu kurieren, es hat die Schmerzen aber nur verdoppelt). Man kann die Viren nur bekämpfen, indem man sich entspannt, dann wandern sie weiter, wie Obstfliegen, denen man den Müllbeutel wegnimmt. (Ich bin so dankbar, daß Mikroben und Viren nicht groß wie Insekten werden!)

Ich stelle mir auch immer vor, daß meine Augen, wenn ich mich bücke, rausfallen wie Litschis aus der Schale und wie ich sie dann zum Augenarzt trage, vorsichtig, damit der Sehnerv nicht reißt. Daß der Augapfel, der in Märchen oft als wertvollster Besitz bezeichnet wird, das Auge selbst ist und nicht etwa die kleine Tränendrüse im Augenwinkel, war eine verspätete Einsicht, so überraschend wie die Erkenntnis, warum es Pullover und Pullunder heißt, und daß die einzelnen Folgen von Serien *nicht zufällig* immer an der spannendsten Stelle enden.

Beim Duschen sehe ich vor mir, wie meine Poren sich weit öffnen, solange warmes Wasser auf die Haut trifft, dann drehe ich den Hahn auf «kalt», und die Poren zucken zusammen wie Schneckenfühler, an die man mit dem Finger tippt. Die Poren schließen sich sofort, um die Kälte nicht hereinzulassen, und man muß eine Weile auf «warm» stellen, bis sie sich wieder vorsichtig zu öffnen wagen. So trainiert man die Poren, damit sie auch im täglichen Leben wie der Energieschild der *Enterprise* automatisch auf Temperaturwechsel reagieren.

In meinem Körperraumschiff müßte ich von Zeit zu Zeit die Lungenbläschen ansteuern, um mich mit frischem Sauerstoff zu versorgen, das wäre einfach, aber wie soll ich täglich das Problem lösen, mich zu ernähren, ohne dadurch die sensible Konstruktion ins Ungleichgewicht zu bringen? Wenn ich Schweinefleisch esse, gelangen Fettklümpchen in mein Blut, das dann wie eine zu dick geratene Tomatensauce aussieht, in der weiße Bohnen schwimmen. Die Adern sind bereits porös wie ein alter Waschmaschinenschlauch und durch Kalkablagerungen verengt. Man müßte den Kalk und die Essensreste einmal rausspülen, wie der Heizungsmonteur es einmal im Jahr bei meiner Gastherme tut. Hinterher ist immer das ganze Bad mit schwarzen Krümeln verdreckt, die irgendwie aus der Anlage stammen.

Der einzige Weg, den das Gift aus meinem Körper ins Freie nehmen kann, sind meine Haare, die aus Schwermetallen, doppelsaurem Polyphenol und Spuren von alkalischen Beta-Nitroiden bestehen. Sie sind deshalb unersetzlich für die Selbstreinigung des Körpers, und vermutlich werde ich nicht mehr lange leben, sollte ich je eine Glatze bekommen.

Wenn ich mir meinen Kopf von innen vorstelle, sehe ich unter der Schädeldecke entzündete, rotgeäderte Haut und unter einer Schicht abgestandener Luft träge fließende Lava, mein Gehirn, an dessen Oberfläche Wirbelströme zucken, die sich von Zeit zu Zeit in Blitzen entladen, wobei bizarre Lichtskulpturen zu bewundern sind, majestätische Sonnenprotuberanzen. (Manche Menschen schützen ihren Kopf mit einem Fahrradhelm, anscheinend halten sich diese eitlen Naturen für unersetzlich.)

Die Nervenverbindungen in meinem Gehirn sind langsam geworden, weil sich Datenreste in den Synapsen angesammelt haben wie Kaffeesatz im Ausguß. Informationen stauen sich, irren tagelang umher oder gehen verloren. Viele finden nie an ihr Ziel oder erst, wenn sie längst veraltet sind. Ich bräuchte ein zweites Gehirn, um den Text zu interpretieren, den mein Gehirn mir liefert.

Manchmal stelle ich mir vor, wie ich mein Gehirn streichle und es dabei vor Angst zittert, weil es jedes Zutrauen in die Menschen verloren hat. Es ist nur noch lose mit der Schädeldecke verbunden, weil die Haut, an der es aufgehängt ist, von den vielen plötzlichen Richtungswechseln in meinem Leben stellenweise abgerissen ist. Irgendwann wird mein Gehirn herunterfallen und lediglich von einer dünnen Hautblase geschützt in meinem Schädel zittern wie ein Silikonimplantat. Wäre mein Gehirn ein Tier, würden selbst die Chinesen es nicht essen. Beim Drauftreten würde es eine Staubwolke erzeugen wie ein Bovist. Immerhin trägt es eine Art natürlichen Helm.

Ganz ungeschützt sind dagegen die Millionen Kinder, die in ihrer Massenunterkunft auf die Chance warten, geboren zu werden. Eines davon ist Karl gewesen, warum hat gerade er es geschafft?

Klara und ich gehen nie zu Wohnungsbesichtigungen, weil wir uns gegen die anderen, krampfhaft auf Vorteile für ihre Familie versessenen Bewerber keine Chance ausrechnen, da wir viel zu zurückhaltend sind. Daß Karl mir so ähnelt (er sieht genauso aus wie ich auf Kinderbildern), ist für mich ein Wunder, meine Gene sind durchsetzungsfähiger als ich. Tatsächlich bin ich also mein Leben lang, ohne es zu ahnen, ein Gegenstand gewesen, der sich selbst enthielt.

Statt meine Studie über die Schönheit zu schreiben und in Zukunft von meinen Geschmacksurteilen leben zu können (und bei der «Neuen Hausfrau» zu kündigen), betrachte ich nun seit vielen Monaten fast rund um die Uhr Karl, dessen Schönheit mich bis zur Erschöpfung verblüfft. Sein spitzer Mund, wenn er mir gestattet, ihn mit einem Lappen abzuwischen, seine kitzligen Ohren (an denen ihm schon im Mutterleib ein feiner Haarflaum gewachsen war wie bei einem Eichhörnchen), die Grimasse, mit der er unser Lächeln beim Fotografieren nachmacht, seine verschwitzten Nackenhaare nach dem Mittagsschlaf, seine eifrigen Kaubewegungen, wenn ihm etwas schmeckt, seine Lippen, die sich gegen die Zahnbürste sperren, seine Freude, als er das erste Mal auf der Stelle gehüpft ist, ohne umzufallen, die Fürsorglichkeit, wenn er etwas an einer Schnur hinter sich herzieht (richtige Hunde haben ja leider keine Räder), die kokette Pobeule in der Strumpfhose, wenn die Windel voll ist (was er stets abstreitet).

Klara rührt es besonders, wenn er «an etwas nicht rankommt», was wiederum mich rührt. Überwältigt von Einverständnis mit meinem Leben, hatte ich das Bedürfnis, ihr einen Wunsch zu erfüllen, von dem sie nicht geahnt hätte, daß ich ihn erraten würde (so, wie sie mir zum Geburtstag ein Endoskop aus einem japanischen Gadgetversand geschenkt hat, nachdem ich ihr von meiner Neugier auf die unendlichen Weiten meines Körperinneren berichtet hatte). Ich dachte an eine Holzschatulle aus Riegelahorn, mit einer Oberfläche aus 30 Schichten handpoliertem Schellack (harzige Ausscheidung hunderttausender, fleißig Baumsaft trinkender Läuse), das sich mit dem Holz wie eine durchsichtige Haut verband und die Maserung erst zur Geltung brachte, mit kunstvoll versenkten Scharnieren, durch die der Deckel sich genau um 90° öffnen ließ, mit einem eingelassenen, millimetergroßen Zylinderstiftmagneten aus Neodym-Eisen-Bor, dem einzigen stählernen Störenfried in der Holzidylle, der das Öffnen und Schließen zu einem so betörenden Erlebnis für die Hände machte, daß man nie müde wurde, diesen Vorgang zu erforschen (wie bei Klaras Stoffhasen, dessen Pfoten durch eingenähte Magnete zuverlässig zum Gebet zusammenfinden). Der Deckel würde sich so paßgenau schließen lassen, daß man den unbekannten Holzkünstler, der das vollbracht hatte, in seiner Werkstatt besuchen wollte, um ihm die Hände zu streicheln, und wie sehr würde es mich freuen, wenn Klara in dieser Schatulle ihre Beißschiene aufbewahren würde, so daß ich immer, wenn ich nachts davon aufwachte, daß die Schatulle geöffnet wurde, wußte, daß sie mich gleich küssen würde.

8. KAPITEL

Ich wollte den Computer eigentlich nicht mehr benutzen, weil durch Karls Begeisterung für die Tastatur inzwischen das M, das Ä und das H fehlen (durch das M auch das µ, mit seinem die Wassertemperatur prüfenden Fuß, das ich seit meiner Schulzeit nicht mehr verwendet habe), aber Karl hat auch die Spitzen aller meiner Fineliner plattgedrückt und mit den Bleistiften und Kugelschreibern seinen Lkw beladen, ich werde also weiter tippen und dafür noch länger brauchen, wobei das ja niemand bemerkt, wenn ich es nicht dazusage.

Ich könnte mir den Rennwagen-Kuli von «Die neue Hausfrau» bestellen: *«Mit dem Rennwagen-Kuli den Schreib-Turbo zünden. Flink wie Schumi kommen die Notizen zu Papier.»* Der Kunde merkt nicht, wie lange ich an so einem Werbetext feilen mußte, am schwersten ist es, jeden Unterton zu vermeiden, damit er sich nicht veralbert fühlt. Es ist aber fast unmöglich, über Objekte, die genausogut Scherzartikel sein könnten (ein Eier-Party-Tablett, mit dem man seinen Freunden zwei Dutzend halbe Eier in praktischen Mulden kredenzen kann?), einen Text zu formulieren, der keine parodistischen Züge hat.

Klara und Karl schlafen, und ich lächle, wenn ich an den Tag denke. Manchmal stößt die Therme in der Küche einen kurzen, verzagten, in die Höhe glissierenden Jammerlaut aus, wie von einem klagenden Kind, dann schleiche ich ins Schlafzimmer und sehe mir die beiden im fahlen Licht meines Handys an. Sie liegen Gesicht an Gesicht, Karl in seinem «Schlafansack», Klara bis auf ihre Nase unter der Decke, der

Stillkissenwurm mit den schwarzen Knopfaugen wacht über sie.

Klara hat mir heute ein Foto geschickt, einen kleinen Gruß aus ihrem Büro, wo sie mit ihrer Sekretärin, da es nichts zu tun gab, aus einem Stempelkreisel und einem Fingerkuppenbefeuchtungsschwamm eine Marie-Antoinette und aus allen Heftklammerentfernern ein Mäuseballett gebastelt hatte. Ich zeigte Karl das Bild, und er wollte sofort noch mehr Bilder sehen. Ich hatte Mühe, das Handy wieder verschwinden zu lassen.

Es war Zeit, endlich auf den Spielplatz zu gehen, obwohl er dort vermutlich wieder nur eine halbe Stunde lang die Tür öffnen und schließen würde. Aber was hieß schon «nur»? Oder sollten wir lieber auf der S-Bahn-Brücke Zügen zuwinken? («Eine Dampflocke!») Wir mußten dorthin unter einem Fassadengerüst durchgehen, das mit einer Plane versehen war, Karl freute sich, daß es unter dem Gerüst so dunkel war. Wieder draußen drehte ich mich kurz zur Seite, um von der dicken Frau im Rollstuhl nicht gesehen zu werden, die mich schon einmal gebeten hatte, sie unter den Achseln zu packen und ein Stück im Sitz hochzuziehen, damit sie bequemer saß.

An der Apotheke mußte ich daran denken, wie Klara heute früh im Wohnzimmer Tiere aus der «Medizini» ausgeschnitten hatte, die Karl mir ins Schlafzimmer brachte: «Ein Pingiun!» Schließlich kam er mit drei Nagetieren, die aus einer Höhle schauten, und da ich nicht wußte, wie sie hießen, sagte ich: «Murmeltiere.» Er rannte zu Klara und verkündete, daß es sich um Murmeltiere handele. Sie sagte, daß das keine Murmeltiere seien, und er rannte wieder zu mir und hielt mir das Bild hin. «Murmeltiere», sagte ich. Als er zum dritten Mal bei mir erschien und ich wieder «Murmeltiere» sagte, fing seine Unterlippe zu zittern an, und er brach in Tränen aus. Es tat mir weh, daran zu denken, dabei spiele ich ihm doch einen stets fröhlichen, enthusiastischen und durch nichts zu beunruhigenden Vater vor, etwas zwischen Body-Fit-Morgenkurs-Trainer und Gospel-Prediger.

Es hört sich so schön an, wenn Schutt durch eine Murmelbahn aus ineinandergesteckten Plastikrohrelementen nach unten rauscht, kann man so etwas noch als Arbeit bezeichnen? Seltsamerweise wirken Bauarbeiter trotzdem immer mürrisch, dabei hatte der eine von ihnen heute von hinten wie ein Bärchen ausgesehen, weil er seine gelben Schallschutzkopfhörer von den Ohren geschoben und sie über seiner braunen Kapuze an den Schläfen getragen hatte.

Die Klohäuschen der Bauarbeiter erinnern mich immer an den Garten meiner Großeltern, wo es ein Plumpsklo gab. Im Sommer, wenn es sehr heiß war, roch es hier betörend. Man saß auf dem ins Holz gesägten fünfeckigen Loch, dessen Deckel einen dicken Holzgriff hatte, weiter unten, schon im Dunkeln, gab es einen Balken, auf dem alles landete und manchmal effektvoll in die Jauche plumpste. Die Mauern waren unverputzt, in den Mörtel hatten Insekten Löcher gegraben, von Hitze betäubte Mücken umkreisten einen träge. Und auf der Suche nach einer Öffnung stieß eine Wespe von draußen gegen die Holztür, wie ein Kosmonaut, der, fast befreit von der Schwerkraft, über die Mondoberfläche hüpft. Der verrostete Riegel schaukelte quietschend hin und her, wenn man seine Spitze aus der Öse hob und ihn losließ. Man konnte die Tür auch offen lassen und sah dann den Morgennebel über Beeten und Acker, und hinter dem bewaldeten Hügel, auf dem sich der Garten befand, ging die Sonne auf. Leider ist das Haus nach dem Tod meiner Großeltern an die Kanalisation angeschlossen worden, und das Plumpsklo wird nicht mehr benutzt, es riecht aber noch wie früher, auf eigentümliche Weise gesund und kräftigend.

Karl versteckte sich hinter dem blauen Klohäuschen, ich sollte ihn suchen und rannte im Kreis, es versetzte ihn in Ekstase, wenn ich heimlich die Richtung wechselte und ihm von der anderen Seite entgegenkam. Wie sollte ich mit meinen Gefühlen für diesen Jungen leben, ohne davon vollkommen gelähmt zu werden?

Ich merkte, daß ich in meiner Jackentasche immer mit einem Hustenbonbon spielte, der noch vom letzten Husten, also vom Herbst, stammen mußte. Ich untersuchte den vertrauten, sandigen Hohlraum gründlicher mit den Fingern und fand eine Kastanie und einen Kiesel von der Ostsee, den ich oft mit Daumen und Zeigefinger polierte. Ich hatte mir als Kind einmal vorgenommen, für den Rest meines Lebens eine Münze zwischen den Fingern zu reiben, bis die Prägung nicht mehr zu lesen wäre, wie es Ebenezer Scrooge mit seinem ersten selbst verdienten Geld machte, aber ich hielt nicht lange durch, und es wurde genausowenig zu meinem Markenzeichen wie das Kauen auf einem Streichholz, das ich aus «Es war einmal in Amerika» übernommen hatte. Vor uns ließ jemand eine Frau unter einer Hundeleine durch, weil der Hund neben dem Besitzer ging und die Leine den Weg versperrte.

An einer Garageneinfahrt wollte Karl auf ein Auto warten. Klara hatte als Kind Angst vor ihrer Garagentür gehabt, weil sie sich vorstellte, daß dahinter der Wolf aus der «Unendlichen Geschichte» lebte und sie aus dem Dunkel zwei grüne Augen anstarrten.

Auf meiner Mailbox war seit Tagen ein Anruf meiner Mutter, den ich mich nicht zu löschen traute, weil ich mir dann immer vorstellen muß, es könnte der letzte sein. Daran muß ich denken, wenn Karl verzweifelt und in Tränen aufgelöst vor der Badezimmertür um Einlaß bettelt, weil Klara duscht, als spüre er schon, daß er irgendwann ohne seine Mutter würde auskommen müssen.

Wir nahmen auf der Schwelle vor einem Hutgeschäft Platz, weil dort selten Kunden hineingingen, und fütterten ein paar Spatzen, die sich bis zu unseren Füßen trauten, mit dem Kanten vom Grünkohlbrot. Ich bewunderte sie dafür, daß sie mit dem Schnabel bis zum Boden reichten, ohne die Beine zu beugen. Wie anders die Menschheit auf außerirdische Besucher wirken würde, wenn wir uns, statt zu gehen, mit solch einem sympathischen Hüpfen vorwärtsbewegen würden.

Über der Eingangstür der Schule uns gegenüber sah man Reste eines Mäandermusters. Mein Vater hat uns dieses Muster aufgemalt und den Namen erklärt. Er hat mir auch gezeigt, wie man mit Spucke ein Fahrradventil prüft. Ich weiß noch viele Dinge, die ich von Älteren gelernt habe. Eine Cousine zeigte mir, daß man beim Ausmalen mit dem Rand begann, weil man dann in der Mitte der Fläche schwungvoller mit dem Filzstift schnüffeln konnte. Eine andere Cousine erklärte mir, daß man die Suppe zuerst am Rand löffelte, weil sie dort schon kühler war. Von meiner Mutter wußte ich, daß man beim Puzzeln mit dem Rand begann, bzw. mit dem Rand des Rands, also den Ecken. (Immer wieder der Rand!) Wer hatte mir beigebracht, in den Aludeckel von Milchflaschen zwei Löcher zu stechen? Die Methode, schnell in meine Socken zu schlüpfen, indem ich sie vorher sorgfältig aufkrempelte, die ich von meiner Oma kannte, funktionierte so gut, daß ich sie immer noch anwende.

Ich bot Karl aus einer Tupper-Dose ein Apfelstückchen an, ich hatte heute daran gedacht, ihm Obst mitzunehmen. Meine Mutter hat mir immer sehr volle Stullenbüchsen in die Schule mitgegeben, es gab jeden Tag einen geschnittenen Apfel und Stullen mit «Katenwurst». Die blaue Büchse war schwer zu öffnen, weil der Deckel so eng schloß und sich ein Unterdruck bildete, wenn man ihn abziehen wollte. Sie hatte das bohnenförmige Profil einer Landbrotscheibe. Ich freue mich immer, wenn Karl einen Bissen von mir annimmt.

Klara schneidet ihre Äpfel auf eine Art, die ich noch nie gesehen habe: Statt den Apfel zu halbieren, zu entkernen und dann die beiden Apfelhälften einzeln aufs Schafott zu legen und in kleine Stücke zu hacken (wobei sie immer bemängelt, daß meine Apfelstücke noch miteinander verbunden sind), schnitzt sie vom ganzen Apfel Späne ab, bis nur noch ein walzenförmiger Kernbereich übrigbleibt, den sie wegwirft, besser gesagt, sie überläßt das mir, sie legt den Apfelrest auf einem Stück Küchenrollenzellstoff ab.

Beim Frühstück hatte ich heute darüber nachgedacht, ob das Eingießen eigentlich schneller ging, wenn man die Kanne dabei hoch- und runterschwenkte. Ich hatte gefragt, welche Eissorte ich für den Abend mitbringen sollte, und von Klara gelernt, daß sie nichts gegen Erdbeereis hatte, solange es nicht *nur* Erdbeereis war. Leider mochte sie Vanille nicht, den Geschmack, zu dem ich nach Reisen durch die Welt der Aromen reumütig wieder zurückgekehrt bin. Darauf mußte ich natürlich die Frage stellen, ob sie es lustig fände, wenn man statt von Erdbebenopfern von Erdbeerenopfern sprechen würde, um die Kindernachrichten weniger grauslig zu gestalten.

Gespannt wartete ich darauf, ob Klara merken würde, daß ich das Salz in ihrem Salzstreuer nachgefüllt hatte, ich durfte sie nicht darauf hinweisen, um die Aura von Altruismus, die mir diese fakultative Haushaltstat verschaffte, nicht zu riskieren (aber wenn sie sie nicht bemerkte?).

(Daß ich den Kaffeerest vom Boden der Dose vor dem Nachfüllen immer barg, um ihn über den neuen Kaffee zu streuen, damit er nicht ewig unbenutzt blieb, konnte sie gar nicht wissen. Ebenso, daß ich selbst zum Mittagsschlaf meine Socken abstreifte, auch wenn ich allein war, sie könnte ja früher von der Arbeit kommen, mich so sehen und etwas von ihrer Zuneigung verlieren. Und daß ich mich heute nicht «mit Straßensachen» auf ihre Seite des Betts gesetzt hatte, was ich sonst manchmal zu berücksichtigen vergaß. Daß ich meine Ohrstöpsel niemals vor ihren Augen mit Speichel befeuchtete, bevor ich sie mir ins Ohr schob, und nie in ihrer Gegenwart mit einem Buch im Badezimmer verschwand, weil sie daraus schließen mußte, was ich dort vorhatte.)

Angeregt von diesem nahrhaften Beziehungsplankton, versuchte ich, mich an unser Frühstücksgespräch zu erinnern, weil es mir besonders gelungen vorkam. Ich hatte gesagt: «China hat die ganzen Dollars gebunkert von den USA. Und jetzt haben die USA Angst vor China. Hörst du mir überhaupt zu?»

«Es fällt mir schwer, mich darauf zu konzentrieren, wenn du so lange redest.»

«Das war doch gar nicht lang.»

«Aber das war bestimmt nur der Anfang.»

«Also in Wirklichkeit hat China die ganzen Dollars.»

«Ich möchte mich am Morgen über etwas Schönes unterhalten.»

«Wenn *ich* es erzähle, ist es doch ‹etwas Schönes›. Selbst wenn ich nur sage: ‹3 mal 3 ist 9›, aus meinem Mund müßtest du das doch schön finden.»

«Ich möchte schön frühstücken.»

«Was ist denn ‹schön frühstücken›?»

«Du kannst ja Zeitung lesen, dann ist es wenigstens still.»

«Du meinst, ich darf jetzt einfach so Zeitung lesen, und es wird mir nicht irgendwann ein Strick daraus gedreht?»

«Nein, dann würde es ja keinen Reiz haben, wenn man nicht fürchten müßte, einen Fehler zu machen.»

«Die kleine Zeitungsverkäuferin hat sich übrigens mit ihrem Freund geküßt hinterm Tresen.»

«Früher konnte man sich auf dem Zimmer immer nur küssen, wenn Musik lief. Sonst war das sofort peinlich, und einer mußte die Kassette umdrehen.»

«Im Laden lief auch Musik, aber ihr war es trotzdem peinlich, daß ich reingekommen bin.»

«Das wär mir nicht peinlich.»

«Was wär dir denn peinlich?»

«Zum Beispiel mit einer Melone in der Hand U-Bahn zu fahren.»

«Das fände ich gar nicht peinlich.»

«Oder wenn man so strauchelt auf der Straße. Aber nicht, wenn man richtig hinfällt.»

«Wo wachsen eigentlich Melonen?»

«An Bäumen? Aber dann müßte man sie pflücken, bevor sie runterfallen, weil sie sonst kaputtgehen.»

«Vielleicht pflanzt man die Melonenbäume in Sumpfgebieten, wo der Boden weich genug für die Landung ist?»

«Aber dann wäre es eine geradezu unmenschliche Arbeit, die Früchte einzusammeln.»

«Nicht, wenn man spezielle, aus Palmwedeln geflochtene Sumpfschuhe benutzt.»

«Ich denke eher, daß die Melonenbäume im Wasser stehen wie Reispflanzen und die Melonen durch die Strömung zu einem Sammelpunkt getrieben werden.»

«Dafür könnte man auch dressierte Delphine verwenden. Die sind teilweise intelligenter als wir.»

«Dann würden sie das aber nicht machen.»

«Man muß es ihnen eben vorleben, Sanktionen bringen nichts.»

«Wichtig ist, daß man authentisch bleibt. Nur wer ‹Ja› zu sich sagt, kann auch ‹Nein› zu anderen sagen.»

«Ist dir mal aufgefallen, daß man auf Feldern fast nie einen Bauern sieht? Das scheint kein schlechter Beruf zu sein.»

«Warum hat das Brotholen eigentlich so lange gedauert? Ich dachte schon, du würdest aus Vergeßlichkeit nicht wiederkommen.»

«Ich war nach dem Zeitungsladen noch schnell in der Drogerie, weil es 60-Watt-Birnen gab, ich hab 20 Stück gekauft. Meinst du, ich hätte noch mehr nehmen sollen? Ich will eigentlich gar nicht wissen, wieviele 60-Watt-Birnen ich im Leben noch brauchen werde.»

«Ich werde sowieso nicht alt. Du kannst dann meine haben.»

«Du hast da was am Mund.»

«Du sollst mich nicht immer so beobachten.»

«Ich beobachte dich nicht, ich betrachte dich wohlwollend.»

«Mmmh! Hör auf!»

«Das ist doch nur beim Essen. Im Tierpark ist doch auch die Fütterung am interessantesten.»

«Wir wollten immer die Pinguine sehen, die fanden wir so niedlich.»

«Weil sie immer straucheln?»

«Die bleiben ihr Leben lang mit ihrem Partner zusammen. Obwohl das eigentlich keine Leistung ist, wenn die alle gleich aussehen. Da kann man ja einfach irgendeinen nehmen.»

«Die haben auch nicht so viele Streitthemen.»

«Und die leben ja auch nicht so lange.»

«Die Haferflocken sind heute ein bißchen dick geworden.»

«Weil du mich gestört hast, deshalb hab ich mich bei den Löffeln verzählt.»

«Ich hab dich nicht gestört, ich hab dich geküßt.»

«Jetzt sind sie pampig. Kann man das sagen?»

«Meine Haferflocken sind heute pampig geworden.»

«Ich hab vorhin auch nachgedacht, ob ich irgendwas sagen kann, aber ich weiß nicht mehr, was.»

«Die Haferflocken sind wirklich ein bißchen dick.»

«Ich gebe dir ja recht.»

«Du kannst mir gar nicht recht geben, ich hab doch recht.»

«Solche Witze macht mein Chef immer.»

«Den hab ich mir doch gerade ausgedacht.»

«Nicht genau den, aber genau so einen wie den.»

«Deine Jeans steht dir übrigens wieder hervorragend.»

«Die sieht doch ganz normal aus.»

«Das muß toll sein für den Arzt, wenn er einer Frau mit so einem Po eine Spritze geben darf.»

«Warum hab ich immer so unnormale Männer?»

«Was ist denn an mir unnormal?»

«Daß du immer solche Sachen sagst. Wie, daß du gerne einer Kugelstoßerin ihre Kugeln zurücktragen würdest.»

«Soll ich lieber sagen: ‹Ich muß heute noch tanken›?»

«Ich muß heute zur Physiotherapie.»

«Ich versteh bei dir immer ‹Füßetherapie›.»

«Jetzt weiß ich's wieder, ich dachte immer, daß Platzangst von ‹platzen› kommt.»

«Wenn wir Luftballons wären, würde ich sagen: Darüber macht man keine Witze!»

«Wenn wir Luftballons wären, möchte ich mit Helium gefüllt sein und im Ankunftsbereich vom Flughafen unter der Decke kleben.»

«Und ich möchte als Antrieb für ein Spielzeugrennauto dienen.»

«Ach, Mist, mein Fahrrad hat einen Platten.»

«Ich hab ganz viele Platten.»

«Ich wußte, daß du das sagen würdest.»

«Und ich wußte, daß du sagen würdest, daß du wußtest, daß ich das sagen würde.»

«Was wollen wir heute abend machen? Wir könnten in der Kneipe Fußball gucken.»

«Da sitzen doch diese ganzen Beziehungsversager, die keine Freundin haben.»

«Vielleicht haben sie ja eine.»

«Stimmt, sonst würden sie ja zu Hause gucken.»

«Jetzt ist übrigens der gestorben, der mal einen Elfmeter mit der Hacke reingeschossen hat.»

«Hat's ihm also nichts genützt.»

Ich freute mich, daß mir noch so viel von unserem Gespräch präsent war, aber es bekümmerte mich auch, mir eingestehen zu müssen, daß ich mir eben nie *alles* würde merken können, auch bei Karl empfand ich, obwohl ich ihn seit über zwei Jahren fast ununterbrochen beobachtete, schon ein starkes Gefühl von «damals», wenn ich in selten benutzten Schubladen auf aussortierte Kleidungsstücke stieß, Strampler, Hemden, Strumpfhosen, *die ich schon vergessen hatte*. Man konnte sich Stofftiere in geeigneter Größe anschaffen, um sie mit Babysachen seines Kinds zu bekleiden, damit man einen Vorwand hatte, sie nicht wegzuwerfen, so wie ich fest vorhabe, Karls Bagger später als Kehrschaufel zu benutzen.

Karl zeigte auf ein Bild des Geigers André Rieu an einer Litfaßsäule und sagte: «So ähnlich wie Mozart», und ich freute mich, daß es mir schon jetzt gelungen war, ihm ein Bildungspartikel zu verfüttern, auch wenn der Effekt, den er damit erzielen konnte, den Namen «Mozart» zu kennen, mit den Jahren stark nachlassen würde.

Am Abend würde ich Klara wieder einen ausführlichen Karl-Bericht vorlegen, es war überhaupt nicht denkbar, daß er ihr zu ausführlich sein könnte. Wenn Klara nicht da war, wurde mir manchmal bewußt, daß ich seit Jahren alles mit ihr gemeinsam erlebt hatte. Ich sah die Welt längst durch ihre Brille, die sie nur zur Hausarbeit aufsetzte, wenn sie sich unbeobachtet fühlte, weil sie mir nicht glauben wollte, wie sehr ich diese anrührende Behinderung mochte.

Wenn wir zusammen waren, fielen mir ständig so viele alberne Sprüche ein, daß ich sie mir gar nicht alle merken konnte und ich mich heimlich auf die Toilette zurückziehen mußte, um hastig auf einem Zettel Stichpunkte zu notieren, so hastig, daß ich das meiste zweimal schreiben mußte, weil ich sonst meine Schrift nicht mehr lesen konnte. Ich war auch in der Lage, mich in eine künstliche Schwerhörigkeit zu versetzen, so daß ich alles, was sie sagte, mißverstand, wie Professor Bienlein. Praktisch jeder ihrer Sätze lud mich dazu ein, ihn durch ein Wortspiel zu ersetzen, das umso lustiger wurde, je schlechter es war. Zum Beispiel, wenn sie sagte, daß sie sich nicht traute, ihren Eltern von ihrem Kirchenaustritt zu erzählen, dann antwortete ich: «Du kannst ihnen ja sagen: ‹Aus der Kirche austreten ist besser, als in der Kirche austreten.›»

Oft reichte es aber auch schon, *genau ihren Satz zu wiederholen,* der aus meinem Mund plötzlich unglaublich komisch klang, jedenfalls für mich. Ich mußte nur immer auf ihre Stimmung achten, damit ich den Bogen nicht überspannte und sie nicht beleidigt war. Manchmal ließ ich es aber darauf ankommen, sie zu verärgern, nur damit die Herausforderung, sie mir mit einem besonders gelungenen Scherz wieder gewogen zu machen, noch größer war.

Und wenn sie nicht da war, scheute ich mich fast, etwas Eigenes zu erleben, denn jedes Erlebnis würde ja einen Keil zwischen uns treiben, es wäre etwas, das wir nicht gemeinsam erlebt hätten, etwas, das uns für immer trennen würde, wie wenn sich eine Lokomotive pfeifend und stampfend in

Gang setzte und ich hinterherrannte und es nicht schaffte, Klaras von der Plattform des letzten Waggons ausgestreckte Hand zu ergreifen, weil mein Tempo, obwohl ich vor Verzweiflung immer schneller wurde (warum war ich nicht *gleich* so schnell gerannt?), für quälende Sekunden genau ein bißchen zu langsam für die ebenfalls beschleunigende Lokomotive war.

Wenn mich der organisatorische Aufwand nicht abschrecken würde, hätte ich ihr längst vorgeschlagen, zu heiraten, aber das war bestimmt noch komplizierter, als einen Wohnberechtigungsschein zu beantragen, also nichts für Behördophobe wie uns. Wir konnten auch nicht heiraten, ohne daß ich ihr vorher einen Antrag gemacht hätte, der nicht nur vollkommen unerwartet kommen mußte, wie ein Terroranschlag, sondern auch in einem Moment mit Aussicht auf Erfolg, sie durfte nicht zuviel Zeit zum Nachdenken haben, aber vor allem mußte er originell sein, ohne jeden Anflug von Konvention.

Wenn wir auf dem Balkon saßen und Stüllchen mit Rote-Bete-Streich von «Zwergenwiese» aßen, eine der wenigen Brotbelagneuerungen, die sich in den letzten Jahren bei mir durchsetzen konnten, und plötzlich guckt uns ein Kleinwüchsiger auf den Teller, der aber, wie sich herausstellt, nur die Spitze einer Pyramide von Motorrad-Äquilibristen ist, die ich engagiert habe, wir steigen auf seine Schultern und fahren, wie auf einer lebensgroßen, mobilen Hochzeitstorte, unter dem Beifall der Passanten, zum Olympiastadion, wo ich ein herbeischwingendes Trapez ergreife, zur Tribüne schwebe und über die Lautsprecheranlage zu ihr sage: «Als wir neulich beim Thailänder saßen, fiel mir auf, was für ein rührendes Bild die Salz-und-Pfeffer-Menage abgab, die auf allen Tischen stand, eine gastronomische Zweifaltigkeit, die nur ein herzloser Souvenirjäger trennen würde, indem er Salz- oder Pfefferstreuer einsteckte und nicht aus Mitgefühl beide. Das Salz hat mehr Löcher, um aus dem Streuer zu rieseln, der Pfeffer nur eines, so behält man den Überblick, manchmal bilden die Löcher aber auch die Buchstaben S und P, damit man sich nicht verwürzt. Normalerweise salze ich nicht nach, um den Koch nicht zu beleidigen, aber Pfeffer benutze ich gerne, weil ich mir dann vorstellen kann, wie Mikroben und Keime im heißen Alkaloidbad meines Bluts verdampfen. Die eigentliche Botschaft dieses Geschmackskorrekturutensils, das in so unendlich vielen Variationen hergestellt wird, daß man sich gar nicht vorstellen möchte, welche Probleme die Menschheit mit dieser verschwendeten Energie lösen könnte, wurde mir nun plötzlich beim Thailänder bewußt, nämlich, daß man so leben müßte: einer nicht denkbar ohne den anderen, unzertrennlich wie ein Doppelklick auf der linken Maustaste (den mein Vater zu meiner Verzweiflung *auch bei Links* ausführt), harmonierend wie die Innenverteidiger einer Viererkette, menschlich wie ein Doppelfehler beim Aufschlag, einander ergänzend wie Dick und Doof, und deshalb möchte ich, Richard Sparka, dich, Klara Handtmann, fragen, ob du meine Frau werden willst?»

Und dann würde sie sagen: «Reicht nicht auch eine Bedarfsgemeinschaft?»

Aber ich glaube, das wäre als Witz gemeint, auch wenn man das bei ihr nie sagen kann, weil sie ihren Witzen kein klärendes Kichern folgen läßt, sondern einen ansieht wie Joe Pesci Ray Liotta in «Goodfellas», als dieser, mitgerissen vom allgemeinen Gelächter nach einer lustigen Bemerkung, «You're a funny guy» zu ihm sagt.

9. KAPITEL

Eine Zeitlang fand man in der Nähe von Schulen Verpackungen japanischer Instantnudeln auf dem Boden, die die Schüler, die ja unberechenbar in ihren Vorlieben für neue Moden sind, gerne knabberten, nachdem sie sie in der Pakkung zerdrückt hatten (oder nutzten sie das hochkonzentrierte Gewürz im beiliegenden Beutelchen als Rauschmittel?). In meiner Kindheit waren geringelte Telefonschnüre als Gürtel modern gewesen, eine Weile hingen uns lange Schlüsselringketten aus der Hose, Jungs ließen sich Dauerwellen machen (aber nur auf der Schädeldecke, nicht an den Schläfen), man steckte sich eine Miniatur-Fliege an den Pullover, schmückte sich mit aus Jeanshosentaschen genähten Brustbeuteln und Rasierklingen an Silberkettchen, trank Cola aus Babyflaschen, fixierte die Stirnlocke mit Pritt-Stift und verschmähte mittags das Schulessen, um sich von bunten Zuckerstreuseln aus dem Backregal der Kaufhalle zu ernähren. Und wo man ging und stand, hinterließ man eine Mikadolandschaft von Streichhölzern, mit denen ständig geschnipst wurde.

Seit ich mit Karl spazierengehe und auf Bodenschätze achte, sehe ich auffällig viele Haargummis, die doch eigentlich nicht von Zöpfen rutschen, aber bei den Jugendlichengrüppchen, denen ich begegne, ist mir noch kein Haargummiritual aufgefallen, es bleibt ein Rätsel, wie mir Jugendliche überhaupt ein Rätsel sind. (Seit ich 40 geworden bin, kleide ich mich auch nicht mehr zu jugendlich für mein Alter, sondern bevorzuge eher kindliche T-Shirt-Motive.)

Ein Sektkorken, der noch von Silvester stammt, liegt in

der Nähe unseres Hauses auf dem Pflaster, täglich wandert er ein Stückchen, er bleibt uns aber treu, bald hat er Geburtstag. Münzen finde ich nur selten, und wenn, dann nur 1-, 2- oder 5-Cent-Stücke, vielleicht, weil man sich danach nicht bückt (ich glaube, nach 5 Cent würde ich mich bükken, nur, daß meine Winterjacke in der Taille so eng ist, daß ich nur nach unten reiche, wenn ich einen unmännlichen Knicks mache). Ich hoffe immer, wenigstens einmal im Leben von Kindern mit dem Portemonnaie-an-einer-Strippe-Trick hereingelegt zu werden, aber den gibt es wohl nur noch auf alten Karikaturen zu sehen, wo Beamte im Büro Ärmelschoner tragen und mit der Stirn auf Stempelkissen einschlafen.

Während Karl ausprobierte, ob sein Fuß in den Hohlraum eines fehlenden Pflastersteins paßte, drehte ich einen weggeworfenen Baggage-Tag um (die ich immer erst abreiße, wenn ich den Koffer das nächste Mal benutze, was den Urlaub dann endgültig beendet), weil mich interessierte, ob ich am Three-Letter-Code den Abflugflughafen erkennen konnte.

Das quadratische Bürgersteigpflaster erinnerte mich an *Memory,* es hatte durch die dunklen Kiesel an seiner Oberfläche sogar ein neutrales, sendeschlußartiges Kartenrückseitenmuster. Ich nahm mir vor, bei der nächsten Partie auch so eine exzentrische, rhombische Anordnung zu legen. In einer Pflasterritze fiel mir ein weißes Lutscherstäbchen mit zerkautem Ende auf, offenbar hatte das Kind nicht widerstehen können, nach dem Lutschen des runden Zuckerballs auch noch den hohlen Plastikstiel auszuzutschen, und um an die letzten lockenden Kristalle zu kommen, die sich darin versteckten, mußte man das Stielende zerkauen, wobei man ein Aroma mit der ungesund-einschmeichelnden Anmutung süßlich duftenden Schuhimprägniersprays freisetzte, betörend unbiologisch wie der Geruch der Gummi-Indianer in unserer alten, gelben Nesquik-Dose mit der kannelierten Oberfläche (**«Nesquik stopft nicht»**, stand ungewöhnlich freimütig in fetter Schrift auf dem Etikett).

Ich versuchte, mich zu erinnern, wann ich zum letztenmal einen Lutscher gekauft hatte, um mit dem Zuckerball gegen die leider nicht paßgenaue Gaumenhöhlung zu klopfen und die Haut aufzurauhen, bei so einem Gedanken stürzt man tief in die Zeit. Ein Lutscherstiel konnte lebensrettend sein, wenn man, von den Häschern des Königs durch Wald und Sümpfe verfolgt, rücklings in einem Tümpel untertauchte und durch den Stiel atmete, bis die gedungenen Schergen verschwunden waren. Wenn an der Stelle Schilf wuchs, wäre natürlich Schilfrohr vorzuziehen, noch besser ein Strohhalm, den ich deshalb früher in meiner Überlebensdose mitführte (bei jedem Sonntagsspaziergang mit der Familie hatte ich sie dabei, für den Fall eines Atomkriegs).

Den wie eine Ziehharmonika gefalteten Strohhalmbalg konnte ich mit nie nachlassender Freude an der gelungenen Konstruktion langziehen und wieder zusammendrücken (das hohle Ratschgeräusch erinnerte an das Aufstoßen eines Außerirdischen mit Kopfstimme), eine Erfindung für Faule, die sich beim Trinken nicht mehr über das Glas beugen mußten, sondern aus jeder Position saugen konnten. (Warum bekommt man bei bestimmten alkoholischen Getränken zwei Strohhalme, auch wenn man offensichtlich alleine ist?) Ich versuchte immer, die breite Strohhalmöffnung über meinen Eckzahn zu stülpen, leider hielt der Strohhalm dort nicht, oder er zerriß. Ich wollte aus Strohhalmen ein so langes Rohr zusammenstecken, daß ein Glas Brause komplett im Strohhalm verschwand, bevor die Flüssigkeit meinen Mund erreichte, man konnte ein Getränk mit anderer Farbe folgen lassen und ein Spektralanalysemuster erzeugen, wie bei den Ordenleisten, die russische Offiziere trugen, wenn ihre vielen Orden nicht mehr auf die Brust paßten.

In einer Baugrube sah ich mit strahlendblauer Farbe überzogene Rohre, die die Bauarbeiter zusammenstecken und unter der Erde verlegen würden, aber freuten sie sich darüber, daß es so viel schöner war, bunte statt graue Rohre zu verlegen? Ich mußte an den Robotermolch denken, der sich durch die neue Ostseepipeline zwängt, um Daten und Staub zu sammeln, er braucht zehn Tage für seine Reise, und danach wird er einfach wieder zurückgeschickt, wie frustrierend das für ihn sein muß.

In den ersten Wochen nach seiner Geburt hätte ich Karl gerne mit einem Abfluß aus Playmobil-Rohren von seinen Koliken erlöst, unter denen er jede Nacht so schrecklich litt. Ich massierte ihm den Bauch mit Babyöl (im Uhrzeigersinn), winkelte rhythmisch seine Knie an, trug ihn im Pilotengriff durchs Zimmer, stupste dabei ab und zu mit dem Fuß die russische Stehaufpuppe an, deren Torkeln ihn manchmal kurzzeitig von seinen Schmerzen ablenkte (Klara meinte, es sei nicht richtig, ihm vorzugaukeln, Dinge, die man umstieß, richteten sich von selbst wieder auf), und lud immer wieder das aus Sushi-Stäbchen gebastelte Mobile an der Deckenlampe mit kinetischer Energie auf, indem ich es drehte wie den Propeller der Gummimotor-Balsaholz-Flugzeugmodelle, die ich als Kind in den Ferien gebaut hatte, aber Karl hörte nicht auf zu schreien. Und dabei war es doch bestimmt nur ein störrischer Pfropfen, der sich lösen mußte, damit er von diesem Druck im Leib befreit würde. Klara, die ihn stillte, quälte dann immer ihr Gewissen, ob sie vielleicht etwas Falsches gegessen hatte, jeden Tag ließ sie andere Zutaten weg.

Manchmal fettete ich sorgfältig das Thermometerende ein, murmelte «Bricklebrit!» und förderte mit einer Alibi-Messung stattliche Berge von Poschokolade ans Licht, wie beglückend, wenn nach einer großen Portion unverhofft noch eine Ladung farblich abgestuften Magmas stoisch und unaufhaltsam aus dem Riß in der Vulkanwand quoll. Manchmal bekam er auch ein Zäpfchen, das ich natürlich vorher mit Babyöl präparierte, um mein Schießeisen mit einer meiner weißen Patronen nachzuladen (für die ich im ganzen Wilden Westen berühmt war), und einmal schoß das Zäpfchen mit dem Darminhalt schon wenige Minuten später – ich hatte mich am Wickeltisch gerade nach dem Windelbeutel gebückt, zur Sicherheit die linke Hand auf seinem Bauch – in einem beeindruckenden Strahl heraus und klatschte gegen Klaras Schreibtischstuhl, der zwei Meter entfernt stand. Es erfüllte mich mit Stolz, daß Karl mit seinen wenigen Wochen schon zu so einer, seine Körperlänge weit übertreffenden Schußdistanz fähig war.

Wenn wir in dieser Zeit, überfordert vom Schlafmangel und von den vielfältigen neuen Aufgaben, ein Gespräch führten, das in einen Streit überzugehen drohte, und ich Klara gerade hilflos-ironisch mit einem riskant-scherzhaften Hinweis begütigen wollte, wie «Wenn eine Frau flucht, öffnen sich Jesus' Wunden», kam es vor, daß Karl einen lakonischen Darmlaut von sich gab, der so einen feinen Sinn für's Timing verriet, daß unsere Anspannung sofort von uns wich und uns statt Reibungswärme wieder Schmelzwärme durchströmte.

Warum wirkte so ein ungezwungenes Verhalten bei ihm erheiternd, während ich immer noch an der Privat-Illusion festhielt, Klara in dem Glauben lassen zu können, daß ich überhaupt nie rückwärtig auf die Toilette ging, so wie sie für mich ja auch ein darmloses Wesen war (was aber für alle Frauen galt)? Sie hatte schon immer anstößige Wörter vermieden und fragte mich nur, ob Karl «gemacht» habe, trotzdem hatte sie viel Verständnis für seine Darmerlebnisse, was ich bei so einem feinsinnigen Wesen wie ihr besonders rührend finde, die es schon nicht erträgt, wenn man «Nashi-Birne» sagt, weil sie der «sch»-Laut so abstößt, die immer zum CD-Player stürzt, um die Skip-Taste zu drücken, wenn auf der Kinderlieder-CD «Kommt ein Vogel geflogen» gesungen wird, weil sie das Lied so traurig findet (ja, die sich schon schüttelte, als ich sie nach Monaten zum erstenmal mit ihrem Vornamen ansprach).

Klara hat Karl sogar einen ergonomischen Nachttopf aus Pflanzenfasern gekauft, der laut Aufkleber bei den Mother-&-Baby-Awards die Silbermedaille gewonnen hat (warum nicht Gold?), den er aber nicht benutzt, vielleicht, weil er darauf wartet, daß ich ihn auf einen zu einer Spieluhrmelodie sich drehenden Weihnachtsbaumständer montiere.

Inzwischen ist einer der Gründe, ihn regelmäßig hochzuheben, daß ich an seiner Hose rieche, ob etwas «drin» ist, was mir viel schwerer zu beurteilen fällt als Klara, ich halte Gerüche noch für unauffällig, die sie schon eindeutig als Windelwechselsignal interpretiert. Mein Geruchssinn ist aber auch irritiert davon, daß Klara, weil Karl seit Wochen jede Nacht hustet, abends immer einen Teller mit einer gehackten Zwiebel neben unser Bett stellt und die feuchte Wäsche zur Entlastung seiner Bronchien im Schlafzimmer aufhängt, so daß es bei uns nachts schwül ist und nach Imbißbude riecht.

Wenn ich dann am Morgen den schweren Windelsack zur Mülltonne bringe, ist das ein willkommener Ausflug, besonders bei leichtem Nieselregen, fast, als würde ich vor dem Frühstück im Garten nach dem Rechten sehen. In den Deckel der Mülltonnen ist (seit wann eigentlich?) eine Klappe eingebaut, durch die der meiste Müll paßt, ohne daß man den schweren Deckel aufschieben muß (eine so zuvorkommende, freiwillige Erfindung wie die Löcher an den Spitzen mancher Bettbezüge, durch die man mit den Händen greifen und die Bettdecke beim Beziehen festhalten kann). Nach so einem Ausflug zu den Mülltonnen bin ich in der Regel wieder ganz einverstanden mit meinem Leben.

Ich schrieb an Klara, daß Karl heute der weißen IKEA-Maus auf der einen Seite die Barthaare abgeknabbert habe, worauf sie antwortete, daß sich ihre Sekretärin darauf freue, am Wochenende mit ihren Freundinnen im Bikini in der Badewanne Sekt zu trinken. Klara sagt, die Sekretärin sei «ein heißer Feger», und unterstellt mir, an ihr interessiert zu sein, obwohl ich ihr noch nie begegnet bin, es irritiert sie nämlich immer, wenn ich ihr von meinen Ex-Freundinnen erzähle, diesem Reigen von Frauen, die mir im nachhinein wie Ausbildungsplätze für die Zeit mit Klara vorkommen.

Manche Details meiner Lebensweise habe ich von ihnen übernommen. Dosenananas frische Ananas vorzuziehen, mit der Teebeutelstrippe eine Schlinge um Teebeutel und Löffel zu wickeln, um den Teebeutel auszuwringen, auf dem Handy mit T9 zu tippen, statt die Buchstaben durch rasche Morseimpulse auszuwählen, mir die Zähne mit warmem Wasser zu putzen (da kaltes Wasser «der Mundflora schade»), Sojamilch statt Kuhmilch zu trinken, meinen Einkaufstütenklumpen in der Nische zwischen Kühlschrank und Wand abzuschaffen, in der Wohnung Funkkopfhörer und für die Schuhe Fusswohl-Schuhdeo zu benutzen und gesalzene Butter aus Dänemark zu kaufen.

Klara findet es irritierend, daß sie an diesen Frauen nichts Gemeinsames entdecken kann, daraus schließt sie, daß mein Interesse an ihr auch völlig unbegründet ist, was mich an die langweilige Sem-Theorie aus den Linguistikvorlesungen erinnert (wahrscheinlich habe ich sie wegen einer griechischen Studentin besucht, die ich um ihre Muttersprache beneidete, denn ich wollte ja Griechisch lernen, um zu verstehen, warum ausgerechnet dieses Volk nach Jahrtausenden phallisch-ungeschlachter Standbilder die Schönheit des menschlichen Körpers im Kontrapost entdeckt hatte), den Versuch, die Tatsache zu erklären, daß wir uns mit Wörtern verständigen können, obwohl jeder damit etwas anderes meint, weswegen man die Bedeutung eines Worts in «Seme» zerlegt, was aber schon beim Beispiel des Stuhls scheiterte (ein anderes gab es in den Büchern selten), weil man sich nicht einigen konnte, ob «Lehne» nun eine Stuhleigenschaft war, wenn der Hocker gar keine hatte, ob Stühle überhaupt Beine brauchten (der Schaukelstuhl hatte keine), und wie man den Rollstuhl, oder noch schlimmer, den Fahrstuhl einordnen sollte.

Klara vermißte also ein gemeinsames Freundinnen-Sem an meinen Ex-Freundinnen, das auch bei ihr vorhanden wäre. Daß sie alle sehr pünktlich waren, umweltfreundliches, weniglagiges Toilettenpapier benutzten und daß ich mich besser mit ihren Müttern als mit ihnen selbst verstand? Diese Theorie führte nicht weiter, wenn ich meine Begeisterung für Klara und von allem, was Klara sagt, ablehnt oder als Kind beobachtet hat, erklären wollte.

Sogar, daß ich ihre To-do-Listen nicht aufheben darf, gefällt mir (bei denen sie, um öfter das purgatorische Vergnügen zu genießen, einen Punkt durchzustreichen, die Aufgaben immer in möglichst viele Teilaufgaben zerlegt). Sie sagt, sie würde dann lieber alles noch einmal ordentlich schreiben. (Natürlich fische ich die Listen heimlich aus dem Müll und versehe sie mit dem Datum, so wie ich auch alle Einkaufszettel archiviere, die sie mir mitgibt. Meine Blaue Mauritius ist eine To-do-Liste, auf der sie «Kochwäsche» und «Kühlschrank sauber» schon durchgestrichen sowie als ersten Eintrag «Einkaufsliste» notiert hat. Sie hatte eine Liste als Unterpunkt einer anderen Liste aufgeführt!)

Es rührt mich, daß sie vor dem Baden immer noch einmal in Unterwäsche auf den Balkon geht, um zu frieren, weil das warme Badewasser sich dann noch schöner anfühlt, und daß sie so gerne einmal bei «1, 2 oder 3» das Kamerakind gewesen wäre, und sicher ist, daß nach den üblichen Täuschungsmanövern der Kinder, die nicht zugeben wollten, für welches der drei Ratefelder sie sich entscheiden würden und deshalb immer bis zum letzten Moment hin- und hersprangen, am Ende schnell alle auf ihr Feld gesprungen wären, weil sofort jedem klar gewesen wäre, daß sie die Schlaueste war.

Sie meinte immer, sie hätte früh gelernt, daß die Dinge in Wirklichkeit nie so schön waren, wie man sie sich vorgestellt hatte, als Beispiel nannte sie die Urzeitkrebse aus der «Yps», die auf der Verpackung als kleine Feen mit Flügeln dargestellt waren, nach denen sie dann im Glas vergeblich suchte, überhaupt hätte sie sich immer sehnlichst ein winziges Wesen gewünscht, das sie ständig begleitete (ein Schlumpf in der Federtasche, den man in der Stunde heimlich rausläßt, damit er zum Klassenbuch schleicht und bessere Noten hineinschreibt). Sie hatte nicht mal ein Meerschweinchen besessen (und wohl auch kein Wenigerschweinchen, wie ich zwangsläufig anmerken mußte).

Und nun war alles viel besser gekommen als gedacht, und sie hatte zwar keinen lebendigen Schlumpf, aber einen kleinen Jungen, den man ja zum Fasching als Schlumpf verkleiden konnte! (Obwohl sie seine Kostüme schon bis zur Einschulung durchgeplant hatte: ein Drache, eine Biene, Tscheburaschka, eine Sonnenblume, Alf – Klara konnte sämtliche Alf-Folgen mitsprechen, sie hatte die Serie als Kind so gerne gesehen, weil Alf alles durfte, was sie nicht durfte.)

Karl benahm sich, als sei die Welt für ihn erschaffen worden. Wie hatte es ihn jemals nicht geben können? Und wie einfach es gewesen war! Der erhöhte tägliche Kalorienbedarf der Frau während der Schwangerschaft würde einem Käsebrot entsprechen, hatte Klara mir einmal verraten.

10. KAPITEL

Ich schrieb Klara, daß ich Lust hätte, sie abends in ein so teures Restaurant einzuladen, daß man Angst haben mußte, das Essen würde einem, während man kurz auf die Toilette verschwand, vom Teller geklaut. Sie antwortete, eine Portion Sushi mit Avocado würde ihr schon reichen. Und dazu vielleicht eine Packung Strawberry-Cheesecake-Eis. Und sechs Spargel-Maki. Und frisch gepreßten Orangensaft. Oder, nein, lieber eine Cola light.

Ihre Sekretärin habe beim Gehen wieder allen «einen schönen Feierabend» gewünscht, was sie ärgerte, weil es, wenn *sie* ginge, doch *ihr* Feierabend sei. Immer noch besser als ihr Chef, der jedesmal sagte: «Ich breche jetzt, und zwar auf.» Seltsam, daß ich eine Freundin hatte, die arbeiten ging, und daß wir einen Sohn hatten, für den diese Zeit einmal eine ur- und frühgeschichtliche Epoche im Leben seiner Eltern sein würde, aus der Fotos stammten, die uns in einer für ihn irritierenden Weise jung zeigten.

Ich konzentrierte mich darauf, ihr durch Geisteskraft eine Ladung warmer Gefühle ins Büro zu funken, es wäre ein bißchen profan gewesen, für so etwas ein Telefon zu benutzen. (Klara hatte mir einmal auf dem Heimweg telepathisch mitgeteilt, daß ich das Kartoffelwasser aufsetzen sollte, leider hatte ich die Nachricht nicht empfangen, was bestimmt an mir lag, ich mußte meine Sinne noch stärker auf sie ausrichten.)

Karl und ich standen vor einem Kindergartenzaun und beobachteten, wie ein paar Jungs Steine auf eine Rutsche schleppten und herunterkullern ließen, bis die Erzieherin einschritt: «Ich mach gleich mit!» Wenn ich mir vorstellte, daß Karl irgendwann einer dieser Jungen sein und Dinge in meiner Abwesenheit erleben könnte, krampfte sich mir alles zusammen.

Drei niedliche Mädchen kamen an den Zaun (wo waren die Segelohren, Schielaugen, Triefnasen und tellergroßen Muttermale aus meiner Kindheit geblieben?), Karl stellte sich ihnen vor, indem er «Karl» sagte. Er hat zwar keine Scheu vor Fremden, aber nur, wenn sie größer sind als er, am liebsten sind ihm Erwachsene, kleineren Kindern geht er aus dem Weg. Karl hob mit beiden Händen einen halb platten, gelben Gummiball über den Kopf, der im Gebüsch gelegen hatte, um ihn zu den Mädchen über den Zaun zu werfen, aber er landete immer hinter ihm.

Ich hatte heute versucht, mit Karls Schüttelei zu jonglieren, das durch die Sandfüllung eine eigensinnige Flugbahn beschreibt, die widerspenstige, mal zögernde, mal überstürzte Bewegung des Eis erinnerte mich daran, daß meine Mutter einmal von Partys erzählt hatte, auf die sie und mein Vater lange vor der Geburt ihrer Kinder eingeladen gewesen waren und bei denen die anwesenden Freunde, wenn genug Alkohol geflossen war, versucht hatten, aus einiger Entfernung ein rohes Ei aus dem Fenster auf die Straße zu werfen (was deshalb alle so vergnügte, weil die meisten Eier am Fensterrahmen landeten).

Es waren teilweise dieselben Freunde, Kfz-Mechaniker und Mitarbeiter des Zentralarchivs für Archivwesen, die ich als Kind bei Geburtstagsfeiern meiner Eltern gleich an der

Tür mit der Frage, ob sie mir «was mitgebracht» hätten, erwartete und die den ganzen Abend am lang ausgezogenen, weiß gedeckten Wohnzimmertisch saßen und ununterbrochen heiter und angeregt durcheinander redeten, die Mechaniker von ihren Grundstücken und den Häusern, die sie darauf bauten, und die Archivare von Streichen, die man sich bei ihnen auf der Arbeit spielte, wobei Nachnamen von Vorgesetzten fielen, die nie eingeladen wurden, aber so präsent waren wie antike Götter (was im übrigen auch für die Sekretärinnen galt, von denen die Wissenschaftlerinnen Tips erhielten, wie daß sie sich die Brüste mit Franzbranntwein einreiben sollten, damit sie «länger frisch» blieben).

Am liebsten redeten sie über die charakteristischen Eigenheiten ihrer ältesten, längst verstorbenen Kollegen, viele davon Junggesellen, für die die Arbeitsstelle ein Familienersatz gewesen war. Diese Übergabe des Archivs von den Älteren an Jüngere reichte schon mehr als hundert Jahre zurück. (Das Archiv war in dieser Zeit mehrmals neu konzipiert und komplett umgebaut worden, der alte Katalog war dabei immer einem neuen gewichen und natürlich selbst archiviert worden.) Legendär war ein kinderloses Paar aus der Abteilung für historische Sortiersysteme. Die Frau hatte, bevor sie hochbetagt an einer Krankheit starb, ihrem Mann noch einen Zettel geschrieben, auf dem stand, wie er die Waschmaschine bedienen mußte. Als der Mann kurz darauf ebenfalls starb, stellte sich heraus, daß man ihre Wohnung kaum betreten konnte, weil dort solch ein Chaos herrschte.

Meine Mutter hatte, statt Tischkärtchen aufzustellen,

aus Hackepeter Porträts von allen Gästen modelliert. Später gab es den berühmten Hirsekohl meines Vaters, eines seiner Kriegsrezepte, die ihn an seine Kindheit erinnerten. Ich hatte mich beim Einkaufen durchgesetzt und einen Satz Cocktailkühlfrüchte aus Plastik kaufen dürfen, die wassergefüllt waren, man legte sie eine Weile in den Kühlschrank und konnte sie dann in sein Getränk tauchen. Ich hatte mir ausgerechnet, mich damit nützlich machen zu können, daß ich regelmäßig die Kühlfrüchte einsammelte und neu mit Kälte auflud, und dadurch länger aufbleiben zu dürfen. Ich schaffte es aber auch manchmal, unentdeckt unter dem Tisch zu liegen, und genoß das Stimmengewirr und das laute Lachen. Auffällig, wie viele Frauen davon erzählten, daß sie irgendwo einmal beim Warten auf einem Bahnsteig oder an einer Straßenecke für eine Professionelle gehalten worden waren, offensichtlich hatte ihnen das geschmeichelt.

Mir war etwas schwindlig vom Nikotin in der Luft, bei uns rauchte sonst niemand, meine Eltern boten immer auf einem Tablett offene Schachteln an, die im letzten Jahr übriggeblieben waren, und ich beobachtete, wem es gelang, die längste Aschesäule auf seinem Zigarettenrest zu balancieren (und dabei mit der Hand noch zu gestikulieren). Der ledige Herr Wurm rauchte seine Zigaretten mit der brennenden Spitze in der Mundhöhle, angeblich hatte er sich das bei der Marine angewöhnt. Ich versuchte am nächsten Morgen immer, mit einer Zigarette im Mund unter die Couch zu krabbeln, ohne daß sie zerknickte, was mir nicht gelang. (Unter der Couch fand ich sonst Zuflucht, wenn ich mich geschnitten hatte und die Wunde mit Jod desinfiziert werden sollte, oder ich hüpfte darauf wie Karl auf dem Spielplatztrampolin. Ich erinnere mich, daß ich manchmal viele Stunden dort unten verbrachte, der PVC-Belag war angenehm kühl und herausfordernd hart, und die Familie spielte mir ein verkehrtes Puppentheater vor, bei dem man statt der Köpfe und Oberkörper nur die Füße sah.)

Im Lauf des Abends kam mein Vater gerne auf seine These zu sprechen, die «Goldberg-Variationen» seien in Wirklichkeit für die Maultrommel geschrieben worden, was er durch eine Aufführung des Aria untermauerte. Es wurde hitzig über die Zukunft der Gesellschaft diskutiert, mein Vater, der über die Schönheit einer Isolierkanne aus der Fassung geraten konnte («Seht doch nur diese elegante Linienführung und das eloxierte Aluminium!»), behauptete, körperliche und geistige Arbeit dürften nicht länger getrennt werden, jeder müsse die Möglichkeit bekommen, sich zu bilden *und* mit den Händen zu arbeiten, jeder von Hand gearbeitete Gegenstand sei schön, während Industrieprodukte eine schwer zu beherrschende Tendenz zum Häßlichen hätten, zum Beweis reichte er ein von mir aus Knete geformtes Porträt vom lieben Gott herum, der auf dem Rücken lag und in den Himmel guckte. Weil ich nicht wissen konnte, wie Gott aussah, hatte ich ihm keinen Kopf gemacht, er hatte die Form einer Erdnuß mit Armen und Beinen, große Kulleraugen und lächelte freundlich.

Manchmal schüttete mein Vater auch einen Eimer Wasser aus dem Fenster, um die Menschen zu erschrecken, die alle «nicht zu Ende geboren» seien, wie er das nannte. Er hatte sich einen Ideen-Inkubator gebaut, eine längliche Holzkiste, innen schwarz gestrichen und mit Eierverpackungen schallisoliert. Wenn er nachdenken mußte oder ihm unsere Spiele in der Wohnung zu laut waren, kroch er dort hinein, manchmal für mehrere Stunden. Und wenn er wieder rauskam, hatte er plötzlich Lust, in Zukunft sein eigenes Bier zu brauen, und suchte im Keller die Geräte dafür zusammen, denn er hatte einmal bei der Schließung einer Apotheke eine Menge geheimnisvoller Glaskolben und Schläuche abgestaubt.

Um Mitternacht stellte sich Herr Blumentritt, ein Spezialist für Schlitzlochkarteien und glühender Verehrer von Tolstoi, aufs Fensterbrett und trank eine Flasche Budweiser aus (zum Glück wohnten wir im zweiten Stock). Das Bier hatte er bei einem Schlafwagenschaffner, der die Strecke nach Prag fuhr, gegen ungarische Erotikhefte eingetauscht. Seltsamerweise waren außer meinen Eltern fast alle anderen schon einmal geschieden worden, aber über das Scheitern dieser Ehen wurde so heiter berichtet, als sei es sowieso nur darum gegangen, den regelmäßigen Geburtstagsrunden neuen Gesprächsstoff zu liefern.

Ich war stolz, daß meine Eltern so interessante Gäste hatten. Manche der Anwesenden waren Freunde meines Vaters, die sich gegenseitig Handwerkstechniken beibrachten und mit ihm gemeinsam eine leerstehende Dorfkirche in Mecklenburg zu einer Kultstätte der «Surrealistischen Internationale» ausbauen wollten. Mein Vater hatte dafür schon

Kirchenfenster entworfen, für die er unsere Kinderzeichnungen benutzt hatte. Ich freute mich immer lange im voraus auf diese Abende, weil unsere Wohnung so schön war, und es gefiel mir, daß die Gäste die Tür zu unserer Toilette nicht fanden und immer wieder jemand aus Versehen ins Kinderzimmer platzte. Die Erwachsenen sahen einen dann so neugierig und ein wenig traurig an, ich fühlte mich ihnen überlegen, weil sie schon damit überfordert waren, Sprechblasen in Comics in der richtigen Reihenfolge zu lesen, was mir wie selbstverständlich gelang. Es war wundervoll, ein Kind zu sein, sie waren im Grunde neidisch auf mich.

Anders als heute, da meine Eltern, die nach der Wende ihre Geschmackssicherheit verloren haben, gerne bei Tchibo einkauften, weil sie es schätzen, daß jemand für sie aus der Warenflut eine Vorauswahl trifft, gab es damals keinen Gegenstand in unserer Wohnung, der mir nicht gefiel, und vor allem kannte ich jeden, denn wie oft hatte ich ja, wenn ich alleine war, alle Winkel und Nischen der Wohnung untersucht und mir unseren Besitz angesehen. (Regelmäßig prüfte ich mit der grünen Kreisschablone aus dem Schreibtisch, wie dick meine Finger waren. Ich suchte mir aus der Kunstpostkartensammlung das Bild mit den Indios heraus, denen von spanischen Soldaten die Hände abgehackt wurden. Ich rollte mit dem Landkartenmesser über den Atlas und rechnete aus, wie viele Kilometer ich im Leben schon gereist war. Oder ich betrachtete die in den bunten, durchsichtigen Plastikgriffen wie in Bernstein eingeschlossenen Metallstiele der Schraubenzieher aus der Werkzeugkiste.)

Ich war stolz auf unsere Bilder, die keine Reproduktionen, sondern echt waren, mit einem Maschenmuster von Rissen im Firnis. Das «Billardzimmer» (wie staunte ich, als ich eines Tages erfuhr, was ein «Billard» war und daß wir gar keines hatten und das Zimmer diese Bezeichnung nur im Scherz bekommen hatte), an dessen Wänden Frottagen hingen, die mein Vater an alten jüdischen Grabplatten angefertigt hatte, die Möbel, die er entworfen, geschreinert und mit Ornamenten bemalt hatte, der aus einer Wurzel geschnitzte Küchenquirl, die uralten, teilweise mit einem grauen Flaum bekränzten Kakteen, die der Vater meines Vaters aus den Anden mitgebracht hatte – darunter scheibenförmige Opuntien und ein kugelrunder «Schwiegermuttersessel» –, aber besonders stolz war ich auf meine Eltern selbst.

Mein Vater behauptete, einen von meiner Mutter reparierten Motor am Klang erkennen zu können. Er hatte ihr und sich zur Verlobung Rollschuhe für Straßenbahnschienen konstruiert, mit denen sie nachts nebeneinander von der Oper nach Hause fuhren. Wenn ich unter dem Tisch lag, eine runtergefallene Erdnuß kaute (absolute Mangelware, Erdnüsse wurden nur spendiert, wenn Gäste im Haus waren. Ich salzte sie immer kräftig nach. Ich lutschte sogar die Pistazienschalen, von denen am Morgen kleine Häufchen in Schüsselchen lagen. Daß Jimmy Carter eine Erdnußfarm besaß, erfüllte mich mit mehr Neid, als daß er in einem eigenen Flugzeug flog) und sah, daß meine Eltern heimlich ihre Hände hielten, wollte ich, daß die Zeit stehenblieb, und es war ein beklemmender Gedanke, daß ich eines Tages würde ausziehen müssen, weil ich doch überhaupt kein Bedürfnis empfand, diese Wohnung jemals zu verlassen. Und warum sollte sich das ändern?

11. KAPITEL

Nachdem wir Kinder aus dem Haus waren, hatte meine Mutter durchsetzen wollen, daß meine Eltern in eine kleinere Wohnung zogen, dazu mußten sie sich von Dingen trennen, was zu solchen Konflikten geführt hatte, daß sie sich am Ende selbst getrennt hatten. Jetzt lebt mein Vater in einer eigenen Wohnung, wo man ihn kaum besuchen kann, weil alles bis unter die Decke mit Karteikästen aus dem Archiv für Archivwesen vollsteht. Nach der Digitalisierung des Katalogs hatten die alten Karteikarten geschreddert werden sollen, er konnte diesen Verlust für die Nachwelt nicht verantworten und hat sie gerettet. Eines Tages, wenn sämtliche Computersysteme zusammenbrechen werden, wird man es ihm danken, davon ist er überzeugt. (Er glaubt auch, daß es einen schlechten Eindruck bei eventuell ja doch existierenden Außerirdischen machen muß, wenn sie mitbekommen, wie unsymphatisch wir sie uns in Filmen wie «Star Wars» vorstellen.)

Jeder hält den Zustand, den die Welt zu einem bestimmten Zeitpunkt seines Lebens hatte, für den natürlichen, und irgendwann verlieren wir die Fähigkeit, uns über Änderungen zu freuen. Als Kind war ich geradezu süchtig nach Neuem, aber das ist längst vorbei.

In unserer Straße sind die alten Pappeln gefällt worden, weil die Gehwegplatten ja gegen diesen chinesischen Granit ausgetauscht werden, der vermutlich von unterernährten Kindern im Steinbruch geschlagen worden ist, und weil man Platz für «Parktaschen» und «Gehwegnasen» braucht. Ich habe beschlossen, so etwas gleichmütig und mit stiller Verachtung hinzunehmen wie ein Indianer die Tortur mit Brandeisen am Marterpfahl, aber die Indianer haben auch nie miterleben müssen, wie ein von den Mächtigen lange übersehenes Stück rot-weißes Geländer, das noch aus ihrer Kindheit stammte und durch dessen Rohr man «telefonieren» konnte, schließlich doch verschwunden ist. Wird auch das Bühnenbild von Karls Kindheit später so vollständig abgebaut und ausgetauscht werden?

Er war immer noch damit beschäftigt, den kaputten gelben Ball zu den Mädchen in den Kindergarten zu werfen, obwohl sie es überhaupt nicht wert waren. Wenn ich nicht durch ihn gezwungen gewesen wäre zu warten, hätte ich nicht bemerkt, daß es sich bei dem Vogelpärchen, das sich die Laterne über unseren Köpfen von innen ansah, um Eichelhäher handelte. Ich hatte die blauen Federn erst nach einigen Minuten bemerkt. Ich ging immer noch halb blind durch die Welt, weil ich meistens in Gedanken war.

Ich habe das mit den Federn natürlich nachlesen müssen, weil ich bisher nicht gewußt hatte, wie Eichelhäher aussehen. In der Schule hat mich Biologie nicht interessiert. Die Natur erforschen? Wie langweilig und rückständig, wenn es doch Computer gab. Die Schule ist an die Schüler vollkommen verschenkt, man sollte erst mit 40 zur Schule gehen. Immer mehr wilden Tieren dient die Stadt als Unterschlupf, die schon ein Rückzugsgebiet für durch die Landwirtschaft bedrohte Gräser und Insekten ist. Wenn Klara nicht der Meinung wäre, daß man Bienen ihren Honig nicht wegnehmen darf, würde ich auf unserem Balkon imkern.

Auf der anderen Straßenseite, gegenüber vom Kindergarten, hat sich früher hinter einer Blechwand ein Kohlenhandel befunden. Die Brache ist jetzt bebaut worden, das Haus war erstaunlich schnell fertig gewesen (ich finde, Gebäude sollten nicht schneller wachsen als Bäume).

Wie einfach ich es mir als Kind vorgestellt habe, eine Wand zu mauern, man legte die Steine versetzt übereinander, das wirkte schön stabil. Mit der dreieckigen Maurerkelle wurde ein Mörtelklecks auf den Stein geschleudert, mit dem Griff wurde der Stein auf die Höhe der anderen in der Reihe geklopft, man strich den dabei hervorquellenden Mörtel ab und nahm ihn gleich für den nächsten Stein.

Warum war ich eigentlich nicht Bauarbeiter geworden? Vielleicht, weil ich nicht so laut brüllen kann. Die armen Bauarbeiter müssen sich ja immer so ruppig geben, um nicht als schwul zu gelten, daß sie vorzeitig altern. Männliches Verhalten macht krank, es ist schlecht für die Verdauung, seinen Bauch einzuziehen, es macht einen wütend, Grillfleisch zu essen, weil man die Verzweiflung des getöteten Tiers in sich aufnimmt, und es stärkt das Immunsystem, seine Gefühle zu zeigen, was die Bauarbeiter nicht dürfen, weil sie sonst von ihren Kollegen ausgelacht würden.

Ich wäre gerne Baggerfahrer, nur, daß man Angst vor Blindgängern aus dem Krieg haben müßte. Vielleicht lieber im Kran sitzen, weit weg von allem und doch so hilfreich. Da oben würde ich heimlich Simon & Garfunkel hören, während ich Stahlträger über den Köpfen der Arbeitsameisen schweben lasse, deren Leben in meiner Hand liegt.

Vielleicht auch mit einem Lastenhubschrauber Windräder montieren? Das ist doch fast wie Computerspielen? Wann hat sich entschieden, daß ich solche Berufe nicht erlernen würde? Ich wollte eben vorher noch so viel lesen und die großen Zusammenhänge verstehen, aber auch, wenn es sich anbot, ins Detail gehen, und bin damit immer noch nicht fertig. Kubanischen Arbeitern werden in den Zigarrenfabriken über Lautsprecher Romane vorgelesen. Straßenkehrer und Müllmänner tragen bei uns auch oft Kopfhörer, vielleicht hören sie die fünfzehnstündige Hörbuchfassung der Thomas-Mann-Tagebücher?

Seltsam, daß ich mich manchmal wieder daran erinnern muß, warum ich geworden bin, was ich geworden bin, ich hatte meine Studie über die Schönheit schreiben wollen und diesem Vorhaben alle anderen Lebenspläne geopfert. Arbeitete ich eigentlich noch daran? Ich hatte am Anfang geschwankt, was ich dafür studieren sollte. Kunstgeschichte? Philosophische Ästhetik? Experimentelle Psychologie? Industriedesign? Oder vielleicht sogar Mathematik? Leider fand ich das alles gleichermaßen interessant und türmte nur immer mehr Bücher auf.

Aber vielleicht kam man zu den wahren Einsichten erst durch die Praxis? Vielleicht hätte ich von einem Töpferkurs mehr gehabt? Meine Studie sollte eine so überzeugende Darstellung sein, daß sie den Menschen die Augen öffnete, niemand würde mehr bei «Die neue Hausfrau» das Vogelbad «Mauz» bestellen, eine aufrecht sitzende Katze mit Taucherbrille und Schnorchel, die eine Schale hält und mit dem

Kopf von unten aus dem Wasser guckt. «*Wer hat sich denn da versteckt? Ist das nicht Kater Mauz? Die Piepmätze planschen fröhlich im kühlen Naß. Und der Nachbar guckt neidisch, so ein lustiges Vogelbad hat sonst keiner.*»

So eine Monstrosität kann auch der Knopf-Verschlußeinsatz nicht wiedergutmachen, der den Hosenbund um bis zu 9 cm verbreitert: «*Wertvolle Zentimeter für Ihre Lebensqualität!*» Die Einkäufer von «Die neue Hausfrau» scheinen das Geheimnis der Schönheit zu kennen, da sie so konsequent besonders häßliche Objekte anbieten, mit denen sich die Kunden ihren Lebensraum zerstören sollen. Das Zier-Bierfaß, das auf Knopfdruck Zahnstocher spendet: «*Mundhygiene mit Spaßfaktor!*» Ohne Häßlichkeit funktioniert Schönheit wohl nicht, der Pizzabelag braucht seinen Pizzateig. Bei uns im Bezirk ist alles seit Jahren immer schöner geworden, das ist auch keine Lösung.

Karl zog an meiner Hand, weil wir an einem Spielplatz vorbeikamen, es war vollkommen undenkbar für ihn, sich dort jetzt nicht alles anzusehen, es wäre so hoffnungslos, ihn daran hindern zu wollen, wie eine Tür gegen den Widerstand eines defekten Türöffners zupressen zu wollen.

Wie so oft hatte man sich bei den Geräten an das Piratenthema gehalten. Alles war krumm und schief, weil der rechte Winkel die Mühen des Erwachsenseins symbolisierte und die Wunden, die unsere mißlungene Welt den Kinderseelen zufügte, vom Spielplatz geheilt werden sollten. Warum waren Piraten für Kinder so attraktiv? Weil sie keine Eltern hatten, die ihnen Vorschriften machten? Weil sie

Fernrohre hatten? Weil sie sich von anderen einfach alles nehmen durften?

Ich war nicht gerne auf Spielplätzen, weil die Kinder oft garstig waren und es mich deprimierte, wie erbittert sie ihr Revier verteidigten. Einmal hatte ein Junge Karl Sand in die Augen geworfen, die Mutter hatte den Jungen gewarnt: «Wenn du das noch einmal machst, bekommst du heute abend keinen Salbei-Bonbon!» Immerhin, normalerweise sagten sie gar nichts und freuten sich nur insgeheim, daß ihr Liebling endlich einmal aus sich rausging. Die Kindergartenkinder trugen Warnwesten wie Fußballspieler, die sich vor der Einwechslung am Spielfeldrand warmlaufen.

Als Karl sich zu zwei Jungs setzte, verkündeten sie, der Sand gehöre ihnen, und merkten nicht, wie lächerlich das war. Ein Mädchen baute sich vor Karl auf, machte kehlige Monstergeräusche und verkrampfte seine Hände, als wollte sie ihm mit seinen Krallen das Gesicht zerkratzen. Ein Kind, das noch nicht lange laufen konnte, kam auf ihn zugewankt und leckte unterwegs mit der Zunge seinen aus der Nase herabrinnenden Schnodder auf. Kleine Jungs drängelten mit einem Plastikschwert und einem Römerhelm bewaffnet an ihm vorbei, weil sie es eilig hatten, mit grimmiger Miene in den Kampf zu ziehen: «Los, wir plündern Amerika aus!» Sie guckten immer, als seien sie von einer Übermacht an Feinden umgeben, die besser nicht wagen sollten, sich ihnen zu nähern. Aber hatte ich nicht selbst als Kind in den Büschen auf dem Rücken gelegen und mit einem Stock «auf Tiefflieger» geschossen? Vermutlich wären wir begeistert gewesen, wenn wirklich ein Flugzeug abgestürzt wäre. Bis jetzt wußte Karl noch nicht, daß man schießen konnte. Er weinte, wenn sein Vater und seine Mutter sich nicht einig waren, wie man sich ein Murmeltier vorstellen mußte.

Im Boden des Spielplatzes war ein Trampolin eingelassen, das wie ein altmodischer, schwarzer Fußabtreter aussah. Beim Springen machte das Trampolin ein schönes Sprungfedergeräusch. Durch die Maschen sah man im Sand Dinge, die den Eltern aus den Taschen gefallen waren, Geld, ein Feuerzeug, sogar einen Autoschlüssel. Klara hatte es amüsiert, als ich einmal in der Dämmerung losgezogen war, um mit einem umgebogenen Löffel, den ich mit Tesaband an Sushi-Stäbchen befestigt hatte, eine 1-Euro-Münze herauszufischen.

Ich hatte immer ein Trampolin haben wollen (sowie ein Walkie-Talkie, eine Hundepfeife, Schwimmflossen, einen Boxsack, einen Bumerang, einen Fahrradrückspiegel, Schraubtöppen, ein Einrad, ein Guinness-Buch der Rekorde), jetzt gab es so einen Wunderteppich auf jedem Spielplatz. In meiner Kindheit lag kein weicher Mulch unter der Schaukel, und es gab keine Pflastersteine, die in Wirklichkeit aus Gummi waren. Wir konnten nur manchmal auf einem Sessel hüpfen, den jemand loswerden wollte und deshalb auf die Straße gestellt hatte.

Ich stand auf dem Trampolin hinter Karl und hielt ihn an den Händen, ich achtete darauf, daß wir im selben Rhythmus abhoben und landeten, immer höher. Wir konnten den Vögeln beim Fliegen zusehen, wir sprangen bis zu den Flugzeugen, wir sahen Gott auf einer Wolke liegen und tippten ihn an: «Bist!» Und dann wieder runter, dazu mußte man eine antizyklische Bewegung mit den Beinen machen, das lernte man seltsamerweise von selbst, der Körper war schlau.

Karl wollte über die lange Holzschlange «balanspazieren», es störte ihn, daß ihre rote Zunge aus dem Mund hing. Auf Spielplätzen mußte man alles einmal ausprobieren, die Wippe, der kleine Hüpfer, wenn ich unten aufprallte und Karls Po sich vom Sitz hob und er kurz in der Luft schwebte. Die Rutsche, die ihn nicht schreckte, vielleicht, weil er eine harmonische Geburt gehabt hatte. Nicht wie das Kind, das für hyperaktiv gehalten wurde, weil es an allen Gegenständen rüttelte, bis sich herausstellte, daß es zwei Monate mit seinem toten Zwillingsbruder in der Gebärmutter gelegen hatte und jetzt durch Rütteln versuchte, die Dinge zum Leben zu erwecken. Ich hatte immer gedacht, eine zu schöne Kindheit mache es einem schwer, erwachsen zu werden, dabei ist das Gegenteil der Fall, qualvolle Beziehungen halten uns viel erbarmungsloser gefangen.

Seltsame Bautätigkeit auf Baustellen und auf Spielplätzen, jeweils unter ganz anderem Vorzeichen.

Die Kinder waren Karl nicht geheuer, er kam lieber zu mir. Ich hatte auch immer Angst vor anderen Kindern gehabt, man spürte sofort, wem man lieber aus dem Weg ging. Ein Kind bekam einen Wutanfall, warf sich auf den Boden und zeterte, die Mutter stand ratlos daneben. Im Grunde sprach es nur aus, was ich fühlte, wenn ich an unsere Welt dachte. Eines Tages würde ich Karl erklären müssen, was die sieben goldenen Pflastersteine bedeuteten, die vor einem Hauseingang in unserer Nachbarschaft in den Boden eingelassen waren und bei denen er immer fragte: «Was kann man damit machen?»

Die Geräusche, die er beim Buddeln und Hantieren mit den Förmchen machte, klangen, wenn ich nicht hinsah, wie von einem interessanten Tier. Im letzten Jahr hatte ein Unbekannter auf Spielplätzen im ganzen Bezirk Rasierklingen im Sand vergraben. Ich bekam einen Kuchen gereicht, und Karl wartete gespannt auf meine Reaktion beim Kosten. Dann sollte ich aus einem Becher mit Zuckersand gesüßten Kakao trinken und machte das Trinkgeräusch, indem ich mit der Zungenspitze am Gaumen eine Serie von Schnalzern erzeugte und den Ton dabei durch Öffnen des Mundes ansteigen ließ (leicht variiert wurde daraus der Anfang von «I can't stand the rain»).

Im Sand fand ich ein lädiertes Matchboxauto. Auf der Unterseite las ich «superfast» und erinnerte mich daran, wie ich mich als Kind über dieses Wort gewundert hatte. Mußte es nicht «fast super» heißen, und warum stand das überhaupt auf dem Auto? Ohne uns würde Karl seine ersten Worte nie erfahren, und was die Zeichnungen bedeuteten, die er anfertigte, wir schrieben es immer auf die Rückseite: «Das ist ein Junge, der ist aber nicht da».

Später lagen wir in einem dieser geräumigen Körbe zum Schaukeln, sahen den Wolken nach und erholten uns. Karl war in ein Holzhäuschen geklettert und hatte aus dem Fenster geguckt. Es hatte ihn begeistert, wenn ich den Kopf reinsteckte und so tat, als würde ich ihn nicht sehen. Plötzlich waren seine Augen groß und starr geworden, ein Gesichtsausdruck, den ich noch nicht kannte, er war rückwärts aus dem Haus gefallen und hatte mit dem Gesicht im Mulch gelegen und geweint. Ich hatte ihn in den Arm genommen und zu trösten versucht, aber mir steckte der Schreck noch in den Knochen. Seine Zunge hatte geblutet, was ich kaum ertragen konnte. Aber ich würde mich vermutlich länger daran erinnern als er. Wer tröstete die Väter? Wo mußte man anschlagen, um «erlöst» zu sein?

Wir schaukelten und sahen einem Jungen zu, der mit einem Ball nach seinem Flugzeug warf, das im Baum hängengeblieben war. Ein kleines Mädchen versuchte geduldig, über seinen Schatten zu springen. Warum hatte ich bei Karls Geburt nicht darauf geachtet, ob er vom Fingerlutschen in Klaras Bauch Hornhaut an den Fingerspitzen hatte? Jetzt war es dafür zu spät. Ich konnte ihn rund um die Uhr beobachten und würde trotzdem alles verpassen.

Ich hatte Sehnsucht nach Klara. Wenn einer von uns vom Sofa aufstand, um neues Eis aus der Küche zu holen, versuchten wir immer, unsere Verflechtung so behutsam wie möglich zu lösen, die Hand noch ein bißchen über den Körper des anderen gleiten zu lassen, so daß es sich anfühlte wie bei Eiskunstläufern, wenn sie für Momente auseinanderstreben, um dann mit Anlauf um so spektakulärer wieder zusammenzufinden und im Kreis zu wirbeln. Es mußte viel schwieriger sein, wenn noch ein kleines Kind dabei war, das nicht Schlittschuh laufen konnte.

12. KAPITEL

Klara schrieb mir, daß sie schon in der S-Bahn sitze, ich antwortete, warum sie nicht mal die Trink-Bahn nehme? Darauf schrieb sie mir, daß sie heute einen Lachanfall bekommen hätte, weil sie in einer E-Mail aus Versehen statt «von Käuferseite» «von Käferseite» geschrieben hatte. Als ich kurz aufblickte, sah ich gerade noch, wie Karl durch die Tür vom Spielplatz rannte und den Bürgersteig entlanghoppelte.

Da er nicht vorhatte, stehenzubleiben und auf mich zu warten, mußte ich ihm hinterherrennen, ließ ihm aber etwas Zeit, um ihm die Gelegenheit zu geben, seine Trennungsangst zu verarbeiten. Er ließ sich von mir glucksend vor Vergnügen hochheben, ich kitzelte ihn aber nicht, weil Klara gesagt hatte, daß Kinder dabei ein Gefühl von Machtlosigkeit erlebten. Wenn er nicht hochgehoben werden wollte, gab er mit den Armen nach, so daß ich unter seinen Achseln keinen Halt mehr fand, und wenn wir Leuten begegneten, die er nicht kannte, und er nicht abgesetzt werden wollte, klammerte er sich mit seinen Beinen um meine Hüfte wie ein Pflanz-Frosch. *(«Wer versteckt sich denn da im Blumenbeet? ‹Wir haben die längsten Beine!› So prahlen die Pflanz-Frösche, unsere lustigen Gartenbewohner, die mit ihren biegsamen Beinen Blumenstengel und Pflanzstab verbinden.»)*

Klara saß noch in der Bahn, uns blieb also Zeit, ich überlegte, ob wir der Winkekatze im Schaufenster vom Gemüseladen einen Besuch abstatten oder zum Recyclinghof gehen sollten, um uns die Müllautos anzusehen. Im Fahrerhäuschen sitzen immer drei Männer nebeneinander, der eine trinkt Kaffee, der zweite raucht und der dritte kaut eine Stulle. Wenn sie alle dasselbe machen würden, sähe es noch komischer aus. Einmal stand auf der Armatur eines orangefarbenen Müllautos ein Plastik-Modell dieses Autos, auch ein Gegenstand, der sich selbst enthielt.

Auf der anderen Straßenseite sah ich einen Jungen mit Tropenhut, ich kannte ihn schon, er trägt diesen Hut das ganze Jahr über. Seine Mutter ist Künstlerin, aber sie verdient ihren Lebensunterhalt als Aufgußmeisterin in einer Sauna. Deshalb kann ich dort nicht mehr hingehen, denn weil ich ihre Bilder so bewundere, möchte ich nicht, daß sie mich nackt sieht. Sie kann von ihrer Kunst nicht leben und muß dicken Männern mit einem Handtuch heiße Luft ins Gesicht wedeln, immerhin applaudieren sie am Ende. Und es ist weit besser, als im Fitness-Center den Schweiß dieser traurig an ihren verwachsenen Körpern weitermodellierenden Muskelmänner von den Geräten zu wischen, das muß ich mir immer wieder klarmachen, es geht mir gut.

Ich muß nur am Horror vacui leidenden Hausfrauen häßliche Dinge anpreisen, und manchmal ist ja auch etwas Erfreuliches wie der Safe in Gestalt einer Müsli-Packung dabei. Wenn ich ehrlich bin, bewundere ich die Strategen hinter unserem Katalog, die den Haushalt nach Widerständen im reibungslosen Ablauf absuchen und Lösungen anbieten, die sofort unverzichtbar scheinen. Eine Plastik-Grabvase, die am Boden eine breite Schraube hat, um sie im Erdreich zu verankern, eine Serviettenkette, mit der man sich die Serviette am Hals befestigen kann (meine Mutter benutzt dafür einen Blusenknopf), ein Klappdeckel für das Saftglas *(«So ‹klappt› der Trinkgenuß auch in der Wespenzeit!»)*

Ich wäre untröstlich, wenn ich irgendwann erführe, daß es in Klaras und meinem gemeinsamen Alltag etwas gibt, das für sie ein Ärgernis darstellt und das ich nicht rechtzeitig bemerkt habe, wie «Die neue Hausfrau» es tun würde. Etwas, das sie lieber nicht anspricht, so, wie ich für mich behalte, daß es mich zum Einspruch reizt, wenn sie die Haferflocken auf den Löffel rieseln läßt – mit einer Aureole von herunterfallenden Haferflocken, wie Wasser, das über eine Brunnenschale tritt – und dabei bis zehn zählt, statt zehn einzelne Löffel Haferflocken in die Hafermilch zu schaufeln.

Ich habe in einem Interview gelesen, daß die Künstlerin mit dem Tropenhutjungen ihre Bilder geduldig Strich für Strich in kohlebeschichtetes Spezialpapier kratzt, von dem es nur noch eine begrenzte Menge gibt, es kommt aus Frankreich und wird nicht mehr hergestellt, sie hat versucht, sich so viel wie möglich davon zu sichern. Weil sie nur in Schwarzweiß arbeitet, wird sie nie größeren Erfolg haben, so einfach ist das. Es tröstet mich, daß es solche Menschen gibt. Wahrscheinlich gab es noch nie so viele phantastische Menschen auf der Welt. Vielleicht sollte ich einen Zeichenkurs bei ihr belegen, ich würde Karl gerne schönere Tiere malen, Eulen und Elefanten kann ich, aber meine Kamele und Pferde sind kaum voneinander zu unterscheiden, ich kann einfach keine Tierbeine. (Tiere mit Fell sind für Tierzeichner weniger lukrativ, weil sie damit so viel Arbeit haben.) Ich hätte gerne, daß Karl sich mit dem Tropenhut-

Jungen anfreundet, und vielleicht gelingt es mir, noch irgendwelche Bestände von diesem Spezialpapier aufzuspüren, und die Künstlerin wird uns zum Dank ein Bild kratzen mit Nuckelschmetterlingen vom Amazonas.

Karl hatte jetzt seinen Schirm aufgespannt und freute sich, weil es unter einem Balkon Tropfen regnete, jemand hatte seine Blumen gegossen. Ein Regenschirm war bei Regen natürlich viel schöner. Ich wünsche mir manchmal, daß es bei uns eine größere Überschwemmung gibt und wir auf der Straße in Ruderbooten fahren müssen, wie man es immer in den Nachrichten sieht.

Karl probierte aus, ob sich das tropfende Wasser ohne Schirm besser anfühlte, er jauchzte begeistert, weil er naß wurde. Was passiert mit der Freude, die wir als Kind an so etwas haben? Wogegen tauschen wir sie ein, wenn wir groß werden? Oder bekommen wir gar nichts als Ersatz?

Ich hätte jetzt gerne noch einmal meine Mutter getroffen und umarmt, das Bedürfnis hatte ich auch, wenn sie etwas in ihren dicken Brockhaus-Bänden nachschlug. Als Kind erkannte ich ihre Schritte, wenn sie im Hausflur die Treppe hochkam, dann hatte das Warten ein Ende, und ich wurde von der Bedrückung erlöst, die mich gegen Abend überkommen hatte, weil die Feuchtigkeit der Filzstiftspitze beim Ausmalen das Papier aufgelöst hatte und ich in seinen eingeweichten Fasern stocherte. Sie hat uns immer an alle neuen Handtücher Schlaufen zum Aufhängen genäht. Und im Puppentheater hatte sie immer ein Aufblaskissen für uns dabei, damit wir höher saßen und besser sahen.

Karl drückte sich mit dem Finger auf ein Augenlid, sah mich an und sagte: «Zwei Papas.» Das erinnerte mich an mein Vergnügen, wenn ich mich als Kind in der Flüssigkeit im Trinkbecher spiegeln konnte. Es gab so viele Dinge, die ich nicht mehr wie damals als Wunder betrachtete. Entengrütze. Sandpapier. Druckluft. Das Forte-Pedal am Klavier. Hubschrauberlibellen. («Eine liebe Belle», sagte Karl.) Die Katzenaugen an den Griffen von Krücken. Die *beiden* Griffe an der Gießkanne. («Weißt du, der Griff ist zum Tragen und der zum Gießen.») Die Gitter an den Dächern, ich hatte mir immer vorstellen müssen, wie ich mich, wenn ich abrutschte, dort festhalten könnte, bis Rettung eintraf. Wenn sie zu spät käme, müßte ich versuchen, wie eine Katze auf allen vieren zu landen. (Bei anderen Dingen war es umgekehrt: Daß sich beim Sandmännchen, wenn es in einer Montgolfiere über Paris schwebt, *jedes Haar einzeln* im Wind bewegt, habe ich als Kind gar nicht bemerkt.) Als Kind sieht man alles viel klarer: Warum verschmutzen die Autos die Atmosphäre? Man könnte Motoren doch einfach so konstruieren, daß sie die Luft, die sie ansaugten, gereinigt wieder ausstießen. Dann hätte man zwei Fliegen mit einer Klappe geschlagen. Dazu mußte man sicher nur irgendein Ventil verkehrt herum montieren, wie bei der Fahrradpumpe die Gummidichtung. Es schien so einfach.

Erst jetzt fiel mir auf, warum an der Litfaßsäule neben der Ampel seit Monaten für dieselben Filme und ein ABBA-Musical geworben wurde (welches B stand in der Abkürzung eigentlich für Benny und welches für Björn?), sie befand sich innerhalb der Absperrungen einer Baustelle, und um sie herum waren Gräben ausgehoben worden, an deren Wänden man durchtrennte Baumwurzeln sah. Ich würde mich über mehr solcher veralteter Litfaßsäulen freuen.

Eine kostspielige Lösung für meine Scheu, umzuziehen, wäre es, meine Wohnung nicht aufzugeben, sondern versiegeln zu lassen, so daß ich leichteren Herzens einen Neuanfang wagen und mich von meinem alten Ich trennen könnte, das ja noch da wäre und sich über Besuch von mir freuen würde. (Ich wollte beim nächsten Umzug auf jeden Fall den Hinweis aus Karls Buch: «Kleine Tricks und kleine Winke» ausprobieren: *«Hier ein Tip, der schwere Sessel wird mit Leichtigkeit bewegt, wenn man ihm Kartoffelscheiben unter seine Beine legt.»*)

Vor dem Bäcker parkte ein Laster, und ein Mann schleppte auf dem Rücken Mehlsäcke ins Haus, als würden die Brüder Grimm noch leben. Ich hatte auch schon manchmal mit dem Zeigefinger so eine altmodische Hexenlockbewegung gemacht, wenn Karl nicht kommen wollte. Oder ich sagte Sätze wie: «Das ist aber nicht zum *so* essen!» und erschrak über mich selbst. Seit Karl da war, lernte ich ständig über mich dazu.

Was konnte ich ihm beibringen? Mit dem Fingernagel das Ende einer Tesaband-Rolle zu finden und so vorsichtig freizulegen, daß das Band, ohne sich längs zu teilen, abgezogen werden konnte? Einen Luftballon genau so weit aufzupusten, daß er nicht platzte und der Zipfel lang genug für einen Knoten blieb? Bonbonpapier durch Ziehen an den Enden aufzuzwirbeln? Mit den Augen in einem Gewirr von Kabeln ein bestimmtes Kabel abzuwandern, um herauszufinden, welcher Stecker in der Dose zu ihm gehörte? Den kleinen Anus zu suchen, durch den der Pfannkuchen mit Marmelade befüllt worden ist, um genau an der Stelle reinzubeißen, damit die herausquellende Marmelade einem in den Mund tropfte? Bei manchen Dingen wäre ich gerne sein erster Lehrmeister gewesen, damit er sich später an mich erinnerte wie ich an meinen Vater, der mir bei einem Museumsbesuch beigebracht hatte, daß es einen Maler namens «Tischbein» gab, was die Schrecken der bedrohlichen Erwachsenenwelt mit einer willkommenen kindlichen Nuance abmilderte.

Eine Frau mit Yogamatte überholte uns, ich überlegte, ob ich ihr ansehen konnte, ob sie ihre Praxis für heute schon hinter sich hatte. Man kann an der Schrittlänge erkennen, ob jemand als Kind öfter mit dem Vater oder mit der Mutter spazieren gegangen ist. Vor McDonald's hockte ein Bettler, sein Hund wirkte jung gegen ihn. Ob mir jemals ein Tier zulaufen würde? (Manche kamen mir schon etwas zutraulicher vor, seit ich an Karls Seite ging, z.B. die «Einhörnchen».) Warum war es ein Statussymbol, ein Auto ohne Dach zu fahren? Seltsam, daß in Bilderbüchern im Wald immer Fliegenpilze wuchsen, ich hatte dort noch nie einen gesehen. Ich war heute noch nicht nach dem Weg gefragt worden, was mir eigentlich noch öfter passierte, seit ich einen Kinderwagen schob. Ich hatte bisher immer angenommen gehabt, es läge an meiner Brille.

Ich las mir gewohnheitsmäßig den Zettel mit dem Verkaufsangebot durch, der in einem Autofenster hing. Ich werde wohl nie ein Auto kaufen, trotzdem überschlage ich immer, ob die gefahrenen Kilometer, das Baujahr und das Schiebedach oder die Servolenkung den Preis rechtfertigen. Inzwischen stammen die Autos schon aus Jahren, in denen ich auf der Straße Autopreise zu vergleichen begonnen habe.

Karl zeigte auf eine Parklücke und sagte: «Ein Auto fehlt.» Vielleicht sollte ich Klara überraschen und Karls Jakkenknopf wieder annähen? Aber wo hatte sie ihre Knopfsammlung mit den beim Kauf von bestimmten Kleidungsstücken mitgelieferten Ersatzknöpfen? Ich hatte noch nie einen davon verwendet, man fand sie ja nicht, wenn man sie brauchte.

Karl stand träumend da und betrachtete eine besonders lange Leiter, die bis auf ein Dach hinaufführte. Ich achte immer darauf, ihn nicht aus seinen Absenzen zu wecken, besonders beim Spielen, weil dieser selige Zustand im späteren Leben so schwer wiederherzustellen ist. Alles, was wir ihm kauften, enthielt kein Phthalat, auch wenn ich nicht wußte, was das war, und das Wort im Grunde mochte, leider hatte es am Ende nicht noch ein h. Machte klassische Musik Karl zu einem besseren Menschen? (Auf jeden Fall saugten Babys, die Musik hörten, stärker.) Karl hatte mir beim Frühstück wieder die Butterbrote weggegessen, er ließ mir nur den Rand übrig. Danach hatte ich ihm die Hände mit einem Waschlappen abgewischt und ihn dabei mit meinem zu langen Fingernagel gekratzt. Er hatte kurz geweint. So etwas war nicht wiedergutzumachen, denn er hatte ja bisher nicht gewußt, daß ich ihm weh tun konnte.

Ein beseelt lächelnder Vater schob einen Kinderwagen, das Kind war von einem Publikum scheußlicher Stofftiere mit übergroßen Glubschaugen umzingelt, es hatte ein Spielzeuglenkrad zur Verfügung, so daß es wie ein Rennfahrer im Cockpit saß, die Kühlerfigur bildete ein Laberhund, der wiederholte, was man zu ihm sagte. Was haben Eltern doch für eine Macht!

Es wäre einfach, unsere Welt zu retten, man dürfte die Kinder nur nicht in ihrer Entwicklung stören (in den ersten Monaten reichte ihnen als Spielzeug ein Stofftuch. Klara hatte Karl anfangs einen Wiegenschleier über das Bett gehängt, dessen bläulich-rötlich-violette Farbe ihn an die Zeit in der Gebärmutter erinnern sollten – denn im Bauch war es gar nicht vollständig duster gewesen, hatte sie mich aufgeklärt –, mein Sushi-Stäbchen-Mobile war unter die Deckenlampe verbannt worden, es lenke vom Erforschen der Hände ab, gewöhne an zu starke Reize und leiste später dem Verlangen nach Drogen Vorschub) und sie nicht so behandeln, als seien sie schlecht funktionierende Erwachsene, also anders, als wir selbst und unsere Vorfahren erzogen worden sind.

Ich freute mich, daß das verlassene Fahrrad noch an der Straßenbahnhaltestelle stand, ich sehe es dort seit Jahren, die Reifen sind platt, die Kette ist abgesprungen, das Schloß verrostet. Im Winter liegt Schnee auf dem Ledersattel, der in jedem Frühjahr etwas verwitterter ist. Manchmal wandert das Fahrrad ein paar Meter weiter, weil es jemandem im Weg gestanden hat, und später wieder zurück. Wenn es umgekippt ist, wird es wieder hingestellt. Ich würde es sehr vermissen.

Ich dachte daran, wie schön der Tag begonnen hatte. Beim Aufwachen in der Stille hatte ich Karls leises Nasenlochpfeifen gehört und mich gefreut, daß ich schon wach war und noch eine Weile dieser mit Schlafatem und einer Flöte aus gehärtetem Nasenschleim aufgeführten Musik lauschen konnte. Manchmal stupste mich Klara nachts an, wenn ich schnarchte, ich erfuhr davon aber immer erst am nächsten Morgen. Was für ein großes, schweres Tier sie an ihrer Seite duldete. Wie dankbar ich ihr dafür war. Ohne sie hätte ich nie erfahren, daß man das durchsichtige Papier vom blau-gelben Spülstein nicht abpulen muß, bevor man ihn in die Halterung im Toilettenbecken schiebt, weil es sich im Wasser auflöst. Und neulich hatte sie aus heiterem Himmel das Wort «Récamiere» benutzt.

13. KAPITEL

Welcher Wochentag war eigentlich heute? Mittwoch? Aber dann wären wir gestern beim Kinderturnen gewesen. Waren wir das nicht auch? Oder verwechselte ich es mit letzter Woche? Ich konnte ja auf meiner Uhr nach dem Datum sehen. Tatsächlich, Mittwoch, was für ein seltsames Wort, «Mittwoch», hätte es nicht «Wochenmitte» heißen müssen? Wie hieß das Wort noch einmal auf Englisch? So etwas vergaß man doch nicht? Auf Russisch konnte ich es noch, das hatte ich aber auch früher gelernt. Offenbar leerte sich mein Kopf zuerst von neueren Inhalten. Mal sehen, wann ich in meiner Rückentwicklung Karl in seiner Vorwärtsentwicklung begegnen würde, lange konnte es nicht mehr dauern.

An einer Apotheke zeigte Karl aufs Schaufenster, in dem mit aufblasbaren Läusen für ein Läusemittel geworben wurde, es war aber gar nicht das, worum es ihm ging, sondern daß dort keine Dampflok hin- und herfuhr, was sie nur zur Weihnachtszeit tat.

Ich hätte an der Stelle, wo früher drei Telefonzellen gestanden hatten, dasselbe tun können, man sah keine Spuren mehr, keine Auffälligkeit im Pflaster, keine Kabelschelle an der Fassade (vielleicht gab es ja unterirdisch noch Reste?). Nur ich erinnerte mich daran, wie ich dort an vielen Abenden Schlange gestanden hatte, um ein Gespräch zu führen, dabei hätte ich das ja mit den Leuten in der Schlange viel einfacher tun können.

Karl war jetzt in den Kinderwagen geklettert und genoß es, von mir geschoben zu werden. Es hatte lange gedauert, bis wir uns dazu entschließen konnten, den Wagen umzumontieren, so daß Karl uns nicht mehr ansah, sondern nach vorne schaute, er hatte aber nicht dagegen protestiert. Jetzt konnten wir ihn zwar nicht mehr sehen, aber dafür konnte ich beobachten, wie sich bei manchen Passanten, die eben noch verdrießlich vor sich hin gestarrt hatten, für Momente die Gesichtszüge entspannten, weil sie so gerührt über unseren Anblick waren, ich war sogar ein wenig enttäuscht, wenn das nicht passierte. Weniger Freude löste man bei denen aus, die selbst einen Wagen schoben, sie wirkten alle so müde, und Frauen mit Zwillingswagen schlafwandelten regelrecht vor Erschöpfung. Später würden sie zu den Müttern gehören, die im Restaurant nie etwas für sich selbst bestellten, weil sie sowieso immer das Essen ihrer Kinder aufessen mußten.

Ich ging gerne mit Wagen spazieren, denn so konnte ich überall, wo gearbeitet wurde, stehenbleiben und zugucken, was mir sonst peinlich gewesen wäre. Klara hatte bemerkt, daß sich Mütter mit Kindern untereinander automatisch duzten. Wenn man einen Kinderwagen schiebt, kann man in aller Öffentlichkeit ungeniert Tierlaute nachmachen, was mir immer Freude bereitet, besonders gut kann ich Schaf und Hahn.

Ich kann auch auf einer Flasche pfeifen. Es ist mir wichtig, über ein großes Repertoire solcher attraktiver Fähigkeiten zu verfügen, falls sich Klara einmal von mir trennen sollte und Karl entscheiden muß, bei wem von uns er leben will. Deshalb übe ich seit einer Weile wieder, auf Händen zu gehen, was ich als Kind schon fast gekonnt hatte. Ich hatte damals viel Zeit im Kopfstand verbracht, weil ich mir einbildete, daß mein Gehirn dann besser durchblutet und sein Wachstum angeregt würde. (Was ich gerne durch Wiegen überprüft hätte, aber wie wog man seinen Kopf? Das Problem beschäftigte mich lange.)

Ein Nachbar humpelte mir entgegen, ein Bein steckte in einer Schiene, zu dieser Jahreszeit sah man das oft, vielleicht ein Skiunfall? (Klara hat als Schülerin niemandem verraten, daß sie auch mit links schreiben konnte, damit sie, wenn sie sich einmal den Arm brechen sollte, von den Klassenarbeiten befreit wäre.) In welcher Entfernung vom Haus mußte man seine Nachbarn eigentlich noch grüßen? Wenn man sich zufällig im Urlaub begegnete, würde man es ja sicher tun und wahrscheinlich sogar ein paar Worte wechseln, womöglich zum erstenmal. Aber wenn die Begegnung weniger überraschend war, weil man sich noch in der Nähe seines Hauses befand, aber zu weit, um sich wie im Hausflur routinemäßig «Guten Tag» zuzumurmeln, war es beiden Seiten peinlich, sich zu kennen, und man sah auf den Boden und guckte im entscheidenden Moment zufällig auf die Uhr.

Ich machte immer noch abwechselnd den tiefen «Mäh»-Laut der Schafmutter und ein aufgeregtes Entengackern, als Karl sich zu Wort meldete, er zeigte auf ein Schaufenster, in dem ein kleiner Sumo-Ringer aus Plastik skeptisch mit dem Kopf wackelte. Ich hatte das Geschäft, in dem es japanisches Design zu kaufen gab, nie betreten, ich vergesse immer, daß ich mir als Erwachsener meine Wünsche selbst erfüllen kann, außer für Lebensmittel gebe ich eigentlich nur Geld aus, wenn ich im Ausland bin und Karl Geschenke mitbringe, von Straßenhändlern in Istanbul einen Spirographen, von Roma in einem Bukarester Park blinkende Propeller, die man in die Luft katapultiert, aus Marokko bestickte Ziegenlederpantoffeln, aus China ein Blasrohr, mit dem man einen Styroporball auf einem Luftstrahl balancieren kann.

Weil noch Zeit blieb, bis Klara eintreffen würde – zwei Bahnen waren ausgefallen, und sie stand auf dem Bahnsteig zwischen schlechtgelaunten Feierabendmenschen, die grimmig entschlossen waren, sich unter allen Umständen in die nächste Bahn hineinzuquetschen, um zu Hause nichts vom Fernsehprogramm zu verpassen –, ging ich mit Karl in das japanische Geschäft. Ich beneidete ihn darum, daß er in wenigen Jahren Japanisch lernen könnte, es würde genügen, mit ihm nach Japan zu ziehen. Vielleicht würde er dann auch so höflich werden und einen Sinn für edles Papier entwikkeln?

Der Laden war sehr klein, jedes Fleckchen Stauraum wurde genutzt, und viele Waren standen auf Bastmatten auf dem Boden oder hingen an Bügeln von der Decke. Ein alter Donkey-Kong-Automat dudelte seine freundliche Melodie. An einer Wand lehnten japanische Schallplatten. Ich bekam, wenn ich diese Schriftzeichen sah, immer Hunger auf Sushi. Es gab ein Aquarium mit niedlichen, fluoreszierenden Plastikquallen, die, wenn man gegen die Scheibe klopfte, angeschwommen kamen und synchron im Wasser tanzten. An der Wand hing ein Poster, das eine japanische Rockgruppe zeigte, junge Männer mit Schnurrbart, die sich anscheinend einen amerikanischen Habitus anverwandelt hatten und deshalb grimmig und gelangweilt dreinschauten, manche verweigerten den Blickkontakt auch mit Spiegelbrillen. Ich sah eine Plastikpistole, mit der man russisches Roulette spielen konnte, ohne zu sterben. Eine winzige Drohne, die angeblich Mücken jagte (leider nur für Innenräume, da sie so windanfällig war). Ohrstöpsel in Form von Mr Spocks Ohren. Einen Nuckel mit Temperaturanzeige und verschiedenen beruhigenden oder stimulierenden Vibriermodi. Eine ägyptische Pyramide, in die man den Kopf zum Schlafen legen konnte. Eine Pixelbrille, durch die die Welt wie ein C64-Computerspiel aussah. Eine Spraydose, aus der heiße Luft kam, so daß man sich unterwegs damit die Haare trocknen konnte. Eine Taschenlampe für Erdbeben (mir schien allerdings, daß es sich um eine ganz gewöhnliche Taschenlampe handelte). Einen Aschenbecher in Form des Fuji, der, wenn er voll war, seinen Inhalt in die Luft spuckte. Ob sie auch mein Endoskop hatten?

Im Regal hinter der Kasse stand ein Gerät, das wie ein Walkman im Space-Age-Design aussah. Die heitere Zukunftseuphorie unserer näheren Vergangenheit rührt mich immer besonders an, weil sie von einer großen Enttäuschung erzählt. Ich fragte den Verkäufer, was es mit dem Gerät auf sich hatte. Er erklärte mir, daß es ein Ausstellungsstück von einer Messe und unverkäuflich sei. Es sei ein Risikodetektor, die japanischen Schriftzeichen unter den LED-Säulen standen für «Atomkrieg», «Erdbeben», «Tsunami», «Herzinfarkt», «Scheidung», «Verkehrsunfall», «Bankrott», «Fahrkartenkontrolle», wobei man sich noch andere Funktionen runterladen konnte. Der Detektor errechnete aus den Daten, die ihm über das, was ich für Kopfhörer gehalten hatte, geliefert wurden, und von einem Sensor, den man sich am Solarplexus befestigte, aus den GPS-Koordinaten, der Nachrichtenlage, die von Mitarbeitern der Firma bewertet wurde, aus Verkehrs- und Börsenberichten und allen möglichen Statistiken eine persönliche Risikomatrix, die dann mit LEDs angezeigt wurde.

Vor Karls Geburt hatte ich nie über Katastrophen nachgedacht und war über die Ängste der Menschheit eher schadenfroh gewesen. Ich hatte mir eingebildet, so anspruchslos wie eine Kakerlake zu sein (obwohl auch Kakerlaken sich gerne in leeren Eierverpackungen zusammenkuscheln, wie ich gelesen habe) und deshalb immer durchzukommen. Was brauchte man schon? Mußte ich Angst vor der Zukunft haben? Wurde nicht alles immer besser? Die Bäcker benutzten jetzt dünne Plastikhandschuhe (wobei ich erst dadurch auf die Idee gekommen bin, mich vor den Bakterien an ihren Fingern zu ekeln). Es gab jetzt Sonnencreme zum Sprühen und Kinderhandtücher mit eingebauter Kapuze. Bei vielen Kopfhörern befand sich das Kabel nur noch auf einer Seite, man verhedderte sich weniger. Die Straßenbäume wurden jetzt durch in den Boden eingelassene Plastikrohre bewässert. Die Briefmarken waren selbstklebend und mußten nicht mehr angeleckt werden. Wenn man ein Paket geliefert bekam, durfte man den Empfang mit einem Griffel auf einem kleinen

Bildschirm quittieren, die Buchstaben, die man dabei schrieb, sahen aus, wie mit einem Etch-a-Sketch gekratzt (einmal habe ich sogar *mit der Fingerkuppe* schreiben dürfen, was einen alten Traum Wirklichkeit werden ließ). An den Geldautomaten konnte man die Stückelung der Scheine jetzt selbst bestimmen. An Haltestellen, auf Bahnsteigen und an Ampeln gab es geriffelte Fliesen im Boden, die den Blinden, wenn sie sie mit ihrem Stab abtasteten, den Weg wiesen.

Andererseits gab es auch Verschlechterungen, es wurden keine Radiosendungen auf Langwelle mehr gesendet. Die Schultaschen der Schüler sahen immer bunter und scheußlicher aus. Der letzte Modelleisenbahnladen im Viertel hatte schließen müssen. Die Polizeiwagen waren jetzt blau und nicht mehr grün. In den Zugtoiletten konnte man nicht mehr durchs Loch der Kloschüssel die vorbeirasenden Bohlen beobachten. Und Biene Maja war jetzt computeranimiert und hatte einen schlanken Körper bekommen, was sie mir vollkommen entfremdete.

Ich setzte das Gerät zur Probe auf und befestigte auch den Sensor am Bauch, Karl wollte es unbedingt haben, aber ich war dagegen. Ich schaltete den Detektor an und hoffte, daß keine der Leuchten blinken würde, oder wenigstens nur die für «Tsunami», denn dann wäre klar, daß es sich um eine Spielerei handelte, wie die Biokurven, die die Digitaluhr eines meiner Mitschüler anzeigen konnte. Wie bei den meisten elektronischen Geräten mußte man erst ein wenig warten, bis etwas passierte. (Ich bin mir sicher, daß diese Wartezeiten sich im Lauf des Lebens so sehr summieren, daß wir am

Ende mehr Zeit mit Warten verbracht haben, als wir es im mechanischen Zeitalter getan hätten.)

Die Sekunden vergingen, plötzlich verengte sich meine Kehle, ich bekam Angst, suchte hastig nach dem Aus-Knopf und gab das Gerät wieder zurück. Ich lockte Karl von einem Roboter weg, der seine Bewegungen imitierte, und schob ihn aus der Tür. Draußen sah ich zum Himmel. Diese dünne Sauerstoffschicht. Es war kaum zu ertragen. Ich dachte daran, daß sich Karl einen Salatkopf zum Geburtstag gewünscht hatte, wie die Schildkröte in unserem Lieblingskinderbuch. Ich hob ihn hoch, um ihn fest zu drücken und zu küssen, aber er wehrte sich, weil ihn meine Barthaare kratzten. Als ich ihn wieder absetzte, verkündete er begeistert: «Ich hab gepupt!»

14. KAPITEL

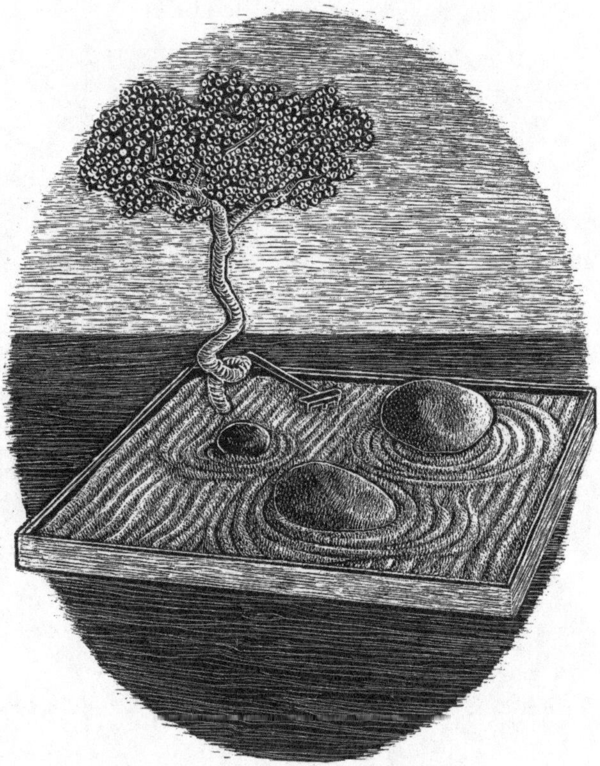

Ein Anruf von Klara, den ich sonst verpaßt hätte, weil mein Klingeln immer ausgestellt ist, traf gerade in dem Augenblick ein, als ich auf mein Telefon sah. Ich versuchte hastig, den Anruf anzunehmen, und zweifelte wieder, ob ich dazu das grüne Hörersymbol in Richtung des roten schieben mußte (was sich für mich anfühlte, als würde ich den Anruf ablehnen) oder das rote in Richtung des grünen (weil das doch bedeutete, daß ich das Ablehnen des Anrufs deaktivierte), überhaupt wurde mir in diesem Moment bewußt, daß hier mit den Ampelfarben gearbeitet wurde, daß man einfach annahm, wir könnten uns denken, welche Farbe für «Abnehmen» und welche für «Auflegen» stand, und daß Karl nicht mehr wissen konnte, daß das weiße Symbol, das auf dem Display Wellen aussendete, einen knochenförmigen Telefonhörer aus der Urzeit der Telefonie darstellte, so wie es ja auch seltsam war, daß auf Hinweisschildern immer noch Pfeile verwendet wurden, da doch niemand von uns mehr Pfeil und Bogen benutzte (auf alten Hausnummernschildern hatte der Pfeil sogar noch einen angedeuteten Federschwanz und zeigte in die Richtung, in der die nächst höhere Hausnummer folgte, da man niemandem erklären mußte, in welche Richtung ein Pfeil flog. Aber vielleicht interessierte einen ja mehr, woher er kam?).

Ich war froh, daß mein panisches Herumgeschiebe auf dem Display am Ende tatsächlich Erfolg hatte und ich Klaras Stimme hörte und ihr sagen konnte, daß ich mich nicht so gut fühlte, weil ich eine leichte Erkältung aufkommen spürte.

Sie sagte, man könne gar nicht so oft krank sein wie ich.

Aber ich hätte wieder so eine Stelle im Hals, rechts, da fühle es sich so rauh an, das sei die Vorstufe des Kratzens, dann wandere es auf die andere Seite und von dort in die Stirn, und wenn sich der Schnupfen aus der Stirn löse, stecke die herabrinnende Flüssigkeit die Bronchien an und ich hustete wieder wochenlang.

Das komme nur davon, daß ich immer daran dächte, *sie* sei doch auch nicht immerzu krank, ich würde mich zu sehr beobachten, andere würden so etwas bei sich gar nicht bemerken.

Ich sagte, anderen seien auch nicht als Kind die Mandeln rausgerissen worden, an der Stelle flatterten bei mir seitdem irgendwelche Hautfetzen in der Atemluft, die hätten doch im Osten keine guten Messer zum Schneiden gehabt, unsere Papierscheren seien ja auch unbrauchbar gewesen (und dadurch ungefährlich), da sei Durchreißen noch besser gegangen. Und diesen Hautfetzen gefiele es im Hals wie Algen am Meeresboden, und in so einem feuchten Klima könnten sich Bakterienkulturen ansiedeln, die anderswo auf der Welt längst ausgestorben seien. (Ich hielt es nämlich für möglich, daß ich seit Jahren immer an derselben Erkältung litt, die nie ganz wegging, es war wie bei diesem Hefeteig, von dem man die Hälfte zum Backen nahm und aus dem Rest neuen Teig züchtete.)

Dann solle ich doch mal zum Arzt gehen und das untersuchen lassen, sagte sie.

Die Ärzte hörten ja nie hin, sagte ich. Außerdem stecke

man sich im Wartezimmer mit multiresistenten Keimen an. Mein Hals-Nasen-Ohrenarzt habe behauptet, ich hätte Globus hystericus, also daß sich die Muskeln in der Kehle verkrampften, weil ich gestresst sei.

Na, siehst du, sagte sie, es ist nur eingebildet.

Der arbeite da aber gar nicht mehr, sagte ich, die Praxis gehöre jetzt einer anderen. Der sei nicht mal gut genug für das Ärztehaus gewesen. Obwohl man als HNO-Arzt ja überhaupt nichts machen müsse, nur im Hals nachsehen, ob etwas entzündet sei, oder Ohrenschmalz ausspülen. Wer wisse denn, ob das überhaupt ein richtiger Arzt war, das seien ja oft Betrüger, man frage die ja nicht nach ihrem Diplom, wenn sie einen weißen Kittel anhätten, die meisten hätten sicher nicht mal Abitur, die hätten sich nur im Gefängnis den Pschyrembel durchgelesen.

Du mußt dir einfach sagen, daß du nichts hast, sagte sie, dann hast du auch nichts, denk an was anderes.

Ich könne nicht denken, wenn ich erkältet sei, und ich fühlte mich genau wie vor einer Erkältung. Mein rechtes Nasenloch sei zu, wenn ich das linke zuhielte, kriegte ich keine Luft mehr.

Das habe gar nichts zu bedeuten, bei ihr sei das linke Nasenloch zu, wenn sie rechts den Finger draufhalten würde, bekäme sie auch keine Luft mehr.

Dann hätte ich mich bei ihr angesteckt! Wenn sie es genau spiegelverkehrt habe, sei das doch logisch. Ihr linkes Nasenloch hätte mein rechtes Nasenloch angesteckt. Und wenn das andere Nasenloch jetzt auch noch verstopfe, dann müsse ich ersticken. Oder würde sie mir ein Nasenloch spenden? Aber sie habe ja selber nur noch ein funktionstüchtiges. Ich bat sie, mir zu versprechen, mich zu wecken, wenn ich im Schlaf ersticken sollte.

Das sei doch nur das Nasenloch, sagte sie, ich hätte doch kein Fieber. Sie kenne *niemanden,* der sich so auf seine Krankheiten konzentriere wie ich, dabei hätte ich gar keine.

Ich könne nur arbeiten, sagte ich, wenn ich im Vollbesitz meiner Kräfte sei, sonst könne ich nicht mal die Maustaste drücken, weil ich mich so geschwächt fühlte.

Ich sei aber gesund, sagte sie.

Aber ich *fühlte* mich nicht so, sagte ich. Vielleicht vertrüge ich auch irgendwelche Lebensmittel nicht. Oder es sei eine Bleivergiftung wegen der alten Wasserrohre in Berlin. Daran sei schon das Römische Reich zugrunde gegangen. Und in den Ferien hätten wir früher in der Unterkunft immer solche Brandschutztapeten aus Glasfasern gehabt, über die ich mit der Hand strich, um das unangenehm spitzrasplige Gefühl zu studieren, das gehe doch nie wieder raus aus der Lunge. Oder es seien meine alten Amalgam-Füllungen aus der DDR, die sich langsam im Speichel zersetzten, vor allem, weil ich ja jetzt immer Orangensaft trinken würde, der so sauer sei, damit hätten die doch in der DDR nicht rechnen können, dafür waren die Füllungen nicht gemacht gewesen.

Dann müsse ich das testen lassen.

Sie solle doch nicht so gereizt sein, sagte ich, *sie* sei ja nicht allergisch.

Doch, gegen Ingwer, sagte sie.

Gegen Ingwer?

Ob ich das etwa schon wieder vergessen hätte?

Wieso schon wieder?

Und dann würde ich mir merken, wie viele Zuschauer in welches Fußballstadion paßten!

Das würde ich mir ja nicht mit Absicht merken, sagte ich, ich könne das gar nicht verhindern, daß das hängenbleibe.

Aber daß sie gegen Ingwer allergisch sei?

Das sei viel schwerer zu merken als Zahlen, sagte ich. Ich glaubte, sagte ich, ich hätte diese Allergie, bei der man bestimmtes Getreide nicht essen darf, Novak Djoković hätte das auch, den würde mein Ohrenarzt auch nicht ernst nehmen. Oder was mit Milch, die sei mir nicht geheuer. Aber beim Allergietest hätten sie nichts gefunden, die schwarzen Punkte am Arm, die meine Vorfreude auf eine Allergie mit klangvollem Namen geweckt hätten, gegen die ich ein Mittel nehmen würde, um mich danach wie neugeboren zu fühlen, seien nur Blindtests gewesen. Aber das eine Mal, als ich leicht grünstichige Kartoffeln gegessen hätte, sei ich den Nachmittag über ganz benommen gewesen, vielleicht hätte ich mich mit Solanin vergiftet. Oder es komme davon, daß ich als Kind immer an der durchgeschimmelten Gipswand vom Badezimmer geschlafen hätte. Da hätte sich bestimmt was in mir festgesetzt, *aber auf der feinstofflichen Ebene*, so daß es für die Ärzte unsichtbar sei. Die interessiere das doch auch gar nicht, ob da einer sterbe, die hätten genug andere

Patienten. Mir sei dauernd schlecht vom Essen. Ich pendelte immer zwischen Hunger und Übelkeit. Wahrscheinlich sei das so, weil meine Mutter mich nach jedem Stillen mit einem Milchpulverbrei vollgestopft habe, bis ich nicht mehr konnte.

Nein, sagte sie, das liege eher daran, daß ich immer «Ente kross» mit Chilisauce äße. Ich müsse eben Vegetarier werden wie sie.

Aber davon würde ich nicht satt. Und von ihren ungesalzenen und ungezuckerten Hafermilchhaferflocken kriegte ich am Morgen kaum einen Löffel runter. Die schmeckten wie das, was den Pferden bei der Fütterung aus dem Mund getropft sei, versetzt mit dem, was sie sowieso nicht essen wollten. Während ich bei «Ente kross» manchmal am liebsten gleich noch eine weitere Portion bestellen würde.

Das sei *so* ungesund, da müsse ich mich nicht wundern, sagte sie.

Mir würden die Enten ja auch leid tun, sagte ich. Aber die Asiaten seien immer so freundlich. Wenn wir die nicht hätten, wäre es bei uns gar nicht auszuhalten. Das sei Balsam für die Seele, bei Asiaten essen zu gehen.

Bei der Massage, sagte sie, habe diese Thailänderin ihr aus der Hand gelesen, daß sie einen guten Mann habe.

Siehst du, sagte ich, das würde eine Deutsche nie tun! Selbst, wenn sie es in fetten Lettern auf deine Hand geschrieben sehen würde, würde sie dir die Freude nicht gönnen. Wenn ich nicht mit dir zusammen wäre, würde ich mir eine Asiatin wünschen, sagte ich, und abends würden wir die Bäume in unserem Bonsai-Garten gießen und mit einer Mini-Harke beruhigende Muster in den Sand malen.

Sie habe immer solches Pech, sagte sie, daß das Gießwasser in der Kanne *genau für den letzten Blumentopf* nicht mehr reiche.

Für sie sei das Glas eben immer halb leer, sagte ich, aber für mich sei es ganz leer.

Ja, mein armer kranker Purzelbär.

Wenn ich dich nicht hätte, sagte ich. Ich danke dir für deine Gefühle für mich. Obwohl ich die ja erzeugen würde. Eigentlich müßte sie sich bei mir für ihre Gefühle für mich bedanken. Ob sie denn nicht mal auflegen wolle, fragte ich (meine Hand tat vom Halten des Telefons weh, es würde eine Weile dauern, sie mit Hilfe einströmenden Frischbluts wieder geradezubiegen, sogar meine Ohrmuschel war taub von der Berührung mit dem Apparat), wenn, dann müsse sie das tun.

Wieso ich? fragte sie.

Weil ich mich dafür zu geschwächt fühlte, sagte ich.

Man müsse sich losreißen, wie wenn man ein Pflaster abziehe, mit einem Ruck, sagte sie.

Aber ich traute mich nicht, Kinder bräuchten auch Wochen, um zu lernen, Gegenstände wieder loszulassen, nachdem sie längst in der Lage wären, danach zu greifen.

Das würde jetzt aber schon wieder so teuer für sie, sagte sie.

Aber *sie* habe doch angerufen, da müsse *sie* auch auflegen.

Das würde sie jetzt auch tun.

Einfach so? Das könnte ich nicht, sagte ich. Ich hätte dann nämlich immer so ein schlechtes Gewissen, weil ich sie alleine gelassen hätte.

Ach, das sei ja interessant, sagte sie, daß ich es dann trotzdem machte.

Es fiele mir aber sehr schwer.

Das glaube sie nicht.

Sonst würde ich es doch nicht sagen! sagte ich.

Männer würden immer Sachen sagen, weil sie *dächten*, sie müßten sie sagen.

Ich bat sie, noch etwas Liebevolles zu sagen, damit ich, für Momente von Beziehungszuversicht anästhesiert, auflegen könne.

Bitte, sie habe kein Geld, und das sei so teuer mit dem Handy, was sie denn sagen solle?

Das könne *ich* ihr doch nicht sagen, das müsse mich doch überraschen, wie zu Weihnachten.

Ich sei immer so schwierig, sagte sie.

Ich sagte, sie solle sich einfach vorstellen, ich sei ein Tier.

Das ginge bei mir aber nicht, sagte sie.

Ich würde mir doch auch Mühe geben, mir Tiernamen für sie auszudenken, sagte ich.

Sie wolle aber nicht «Hühnchen» genannt werden, das seien so dumme Tiere.

Das habe doch nichts mit den wirklichen Hühnern zu tun, wenn man jemanden so nenne, sagte ich.

Sie wolle aber *gar nicht*, daß ich ihr Tiernamen gebe.

Und sie sei mir nicht böse, fragte ich, wenn ich auflegen würde?

Warum sie denn böse sein solle?

Sie *solle* ja nicht, aber vielleicht wäre sie es aus Prinzip?

Nein, sie würde mir nicht böse sein.

Das sei so schwer, sagte ich, diese Abschiede.

Ja, man müsse tapfer sein, sagte sie, ob ich ihr noch ein Glas saure Gurken und eine Tafel Erdbeerschokolade mitbringen könne? Darauf hätte sie im Büro plötzlich Appetit bekommen. Und Buchstabennudeln.

Ob auch Sternchennudeln gehen würden?, fragte ich.

Nein, lieber Buchstabennudeln.

Gebe es da denn einen geschmacklichen Unterschied?

Nein, das könne man nicht rational erklären, das müsse ich so hinnehmen, eine Frau würde das verstehen.

In diesem Moment sah ich sie von weitem, sie hatte mich noch nicht entdeckt. Wir hielten beide unsere Telefone am Ohr, und es fühlte sich an, als hätte ich mit 40 Jahren Verspätung doch noch ein Walkie-Talkie bekommen. Ich staunte, wie bei jedem Wiedersehen, daß es sie wirklich gab. Sie war so beeindruckend real. Ich hätte gerne noch länger mit ihr gesprochen und sie dabei beobachtet, weil es mich faszinierte, daß meine Worte auf dem Umweg über Satelliten und Funkvorrichtungen, die an Schornsteinen festgeschraubt waren, denen die Fabriken abhanden gekommen waren, direkt zu ihr ins Ohr flogen, es reizte mich auszuprobieren, ob ich sie wie eine lange Nudel wieder zurücksaugen konnte, aber jetzt hatte Karl Klara gesehen, riß sich von meiner Hand los und rannte auf sie zu, mit seinen hoppelnden Schritten, die Arme wackelten rechts und links auf halber Höhe, in der Hose wölbte sich anrührend der gut gepolsterte Po. Wenn er so rannte, sah ich ihn immer stolpern und sich die Hände zerschrammen, wie seine kleinen Knie, an denen im letzten Sommer kaum noch Platz für Schorf geblieben war. («An der Luft heilt es am besten.») Er rannte auf Klara zu, ohne sich noch einmal nach mir umzudrehen, sein Herz wackelte ihm vor Freude wie ein Lämmerschwänzchen, es war, als würde sich eine Wunde in seiner Seele schließen, von der ich ihn den ganzen Tag abzulenken versucht hatte. Weil ich nicht wußte, wohin damit, steckte ich mir den faden Möhrenkeks, den ich ihm eben hatte geben wollen, in den Mund und versuchte, meine Tränen zu unterdrücken.

VON JOCHEN SCHMIDT IST ERSCHIENEN:

C.H.Beck
Triumphgemüse
Müller haut uns raus
Meine wichtigsten Körperfunktionen
Schneckenmühle
Schmythologie (Illustrationen von Line Hoven)
Der Wächter von Pankow

Voland&Quist
Schmidt liest Proust – Quadratur der Krise
Weltall. Erde. Mensch.

Rowohlt
Drüben und drüben – Zwei deutsche Kindheiten
(gemeinsam mit David Wagner)

dtv premium
Seine großen Erfolge

Stuart&Jacoby
Dudenbrooks (Illustrationen von Line Hoven)

Piper
Gebrauchsanweisung für die Bretagne
Gebrauchsanweisung für Rumänien
Gebrauchsanweisung für Ostdeutschland

Edel Books
Ballverliebt: Texte zum Fußball von Jochen Schmidt
zu historischen Amateuraufnahmen
aus der Sammlung Jochen Raiß